詹宏志

綠光往事

IN SEARCH OF LOST TI

綠光往事
IN SEARCH OF LOST TIME

I look at the world and I notice it's turning
While my guitar gently weeps
With every mistake we must surely be learning
Still my guitar gently weeps

我看著世界，注意到它在旋轉
當我的吉他溫柔地哭泣
每犯一個錯，我們總學到教訓
我的吉他仍舊溫柔哭泣

——喬治・哈里遜（George Harrison, 1943-2001）
〈當我的吉他溫柔地哭泣〉（While My Guitar Gently Weeps, 1968）

自序

綠光往事

詹宏志

人生來是個張望者，呆坐著，看著世界在他眼前流動……。

但或者不是？嬰兒初生下來的時候，視線迷離，聽覺銳利，他依靠聽覺來校正他模糊看見的一切，並賴以學習語言，這個階段，他其實更像個傾聽者。

但那只是很短的時間，很快地，他的視覺發展起來，也許此刻世界在他眼前已經明亮並寬廣許多，世界流轉開始引起他的興趣。本來他的視野僅及於照顧他的「母親」的臉龐（他也許還不知道「母親」的意義，但他的觀察重心的確是這一位「照顧者」肌肉牽動的臉部表情），或者僅及於頭上那個旋轉並發出聲響的吊掛音樂鈴。此刻他的頭部已經能夠轉動，他的視野大大地拓寬了，他開始看見許多周遭的事物，大量的「視訊」代替了聲音，成為刺激他腦部發展最重要的來源，他變成一位張望者了，而且他將一輩子都是。

想像一個小孩躺在那裡，他扭動身體，旋轉剛剛發育的頸椎，眼睛清澈明亮，世界在他眼前舞動流轉，訊息一幕一幕不停地傾注入他無盡好奇的眼中。他看著世界，卻還不明白每一幕畫面的意義；他看著世界，卻對喜歡或不喜歡的世事無能為力。

我仔細端詳另一個正在成長的小孩，想像自己最初的萌發，我必須藉由觀察他者以了解自己，因為我已不復記憶……。

我窮盡力氣卻仍無法記得，當我像這個嬰兒一樣躺在那裡，嘴裡淌著口水、依依哦哦練習著尚未成型的語言，扭動身體並旋轉頭部，張望眼前流轉而過的一切形狀顏色，我究竟有什麼感受？我已經不復記憶，我是如何認識這世上的諸事諸物以及它們的名稱；我也不復記憶，「意義」是如何第一次進入我的腦中，像黑暗中劃開一枝火柴那樣……。

等我再有記憶，我已經是個我所認識的張望者了，清晨時光在窗前呆坐著，看著世界在他眼前流轉。這個時候，我感覺身後已有各種雜沓的背景聲音。我不必回頭，就能認出其中有一種聲音是我母親在呼叫三阿姨幫忙的聲音，另一種聲音是母親用鍋鏟碰撞炒鍋的聲音，也有一種聲音是爐上水壺燒開的聲音，當然還有大哥匆促刷牙漱口的聲音，我還能聽出母親裝填便當的聲音，鄰居媽媽斥喝小孩的聲音，二姐收拾書包的聲音，末子阿姨走下樓在門口攔住騎腳踏車賣菜農人的聲音……。每一種聲音我都能辨認，每一種聲音對我都有「意義」，我身處在一種我所熟悉的「環境」。

也許正因為這一切是每個人「認知系統」發展的必然過程，我們太熟悉它，以為它的存在理所當然，甚至到了一種麻木不仁的地步，不曾動念想要檢視或盤點它們。等到我驚覺「成長」階段已遠邈，如今剩下的只是「衰老」和「消逝」，就連我以為理所當然的「環境」，也已完全成了逝去的風景，我才發現這些親身經歷的往事並不如想像耐久，它們更像朝露泡沫，或者更像是我童年在田邊路旁常看見的某種朝綻夕凋的不知名花朵，你是一轉身就再也不見它了。

那約莫是小學一年級的時候，或者已經是二年級？一個星期日的清晨，我勇敢地想一個人走往遠一點的地方。我住在小村鎮的街市邊緣，稍稍往外走去，就是滿地的稻田與菜園；抬頭我可以看見村裡每個角落都見得到的一座山，山勢平緩起伏，形狀彷若一匹匍匐沉睡的巨獸，山名虎山，是傳說中昔日國姓爺鄭成功擲劍伏虎的所在。我沿著山腳下的農村道路前進，每隔一小段路，我可以看見村裡的一些小聚落，通常是一叢叢竹子和幾棟黑瓦土牆的房舍，農舍旁總會走出幾隻昂首闊步的雞禽，機械化地點著頭啄食地上的砂粒，也不時會從農舍後面傳來豬隻鳴啼的聲音。

我快步走在灌溉用的溝渠旁，流著汗吹著風，微微有種身體上的快適感。水溝旁的高地有時候農人會種植番茄，我可以看見葉子下藏著青色的纍纍結實。水溝上方也飛舞著蜻蜓或者蝶蛾，稻田整齊乾淨，不容易見到雜草，即使是在水田邊緣或者田埂縱橫之處。但是地上一朵紫色的小花引起我的注意，啊，那是多麼美麗的小花呀！我幼稚的美感心靈被觸動而顫抖著。它從地面的低草叢長出，約為拇指甲片的大小，淡紫色，花分四瓣，中有黃色的花蕊，露珠滴在它的身上，讓它在陽光下顯得晶瑩剔透，也許只有廣播劇裡的「可憐花」可以描述它。但它太嬌小脆弱了，我不敢冒險摘它，我想在回頭的路上再把它摘回去，也許還來得及把它插入有水的小瓶，有機會讓它持續得更久。

等我冒險完畢，回頭尋找那朵花的時候，太陽已經高掛了，熱氣蒸騰，我頭上冒著汗，汗水滑落整片臉頰。但我找不到那朵沾著露水、可憐楚楚的小紫花，我搜索記憶，想再度確定它的位置，我錯記它的位置嗎？還是被其他人摘取了呢？最後我在一叢野草裡看見一朵乾扁枯萎的殘花。早上是一朵新綻盛開的花朵，不到中午它已經歷經了生命，成為枯萎消逝的美麗。我彷彿受到了某種震撼，若有所失地走了好一段路，如果可憐之花的日子如此短暫，我自己又將如何呢？

我那時候第一次意識到「消失」或者「改變」，可能是生命的基調。坐在窗前再看眼前的世界，我也有了不同的感受，我逐漸認出來，即使是我坐著不動所看見的世界，也一逕地變個不停。昨天還叫賣著饅頭的山東老兵，今天不再出現，他到哪裡去了？挑菜來賣的大嬸，有一天變成年輕的男子了；清晨送喪的隊伍，帶走了隔壁的阿婆，她應該是不會再出現了……。

何況後來我也坐不住了，我長大了，離開了家，投入外面的紅塵世界。從此我捲入它，和世界一起像陷在洗衣機裡一樣快速旋轉，頭昏目眩，無暇思考。

又有一段時間，當我在工作中奮起爭鬥，我以為我在經營世界，後來發現你的生涯其實只是急流泛舟，高拋或墜落，尖叫或驚嘆，身不由己的時候多，自主掌舵的時候少。也許我可以修改胡適的詩句，來做戲謔式的自我寫照：「清夜每自思，此身非我有，一半屬公司，一半屬朋友。」

也許就是這些真實感受，讓我轉而珍視短暫的人生經驗，讓我意識到生命裡的每個片刻都有特殊的存在之理，讓我相信所認識的每一個人都是獨一無二。如果是這樣，重新把人生的片段遭遇和交臂的各色親友記錄下來，不僅可供療癒，也加強了自我的「存在感」。我們曾經真實存在，不是嗎？

是這些力量，引領我去描寫我的父親、母親、六個奇妙的阿姨，以及我的兄弟姐妹。也是同樣的力量，讓我去追想成長中平凡卻刻骨銘心的遭遇，以及那些平凡卻真實存在的鄰居與友人。

此刻我彷彿是一位坐在電影院裡的觀影者，燈光滅去，黑暗中綠光閃爍，它投射在銀幕上演出一幕幕的「過去」，但影片裡的故事好像有點過度戲劇化而不真實，配音也好像太熟練、太乾淨而顯得太職業化，我也看得有點尷尬，又覺得熟悉又覺得陌生，不像是發生在自己身上的故事。

電影有時候拍得好，有時候拍得壞，但既然進了電影院，不如就平心靜氣看下去……。

13 自序 綠光往事

目錄 CONTENTS

第二部 綠光往事 141

第一部

家族私史

1 夜市

在通往夜市的路上，父親咳得厲害，幾乎要把肺囊都咳出來，激烈的咳嗽聲響徹在安靜無人的街道上。他的背愈來愈佝僂，臉色也昏暗蠟黃，簡直和他右手食指、中指之間被尼古丁薰黃的顏色愈來愈分不清。他穿著變黃的汗衫和灰舊的西裝褲，看起來也有點邋遢而猥瑣，和其他沒出息的鄉下中年男子沒什麼不同。我的心裡其實是既不情願又不甘心的。

這樣的父親和我的想像、我的願望，以及我的描述太不吻合了。我總是在學校裡向老師、同學吹噓地描述父親的豐功偉業，他是如何厲害的煤礦工程師，管理著多麼進步的煤礦，如何在遙遠的礦場裡工作，雖然那個地方究竟在哪裡我也一無所知，但總不會像我們所在的農村那麼平凡。

事實的真相是，父親已經病重，連醫院也不再肯收留他，只要他回家愛吃什麼就吃什麼。他也已經失去了他引以為傲的煤礦，不再外出工作，每天坐在家裡同一個位置抽菸發呆，一遍一遍讀著報紙，喝著反覆沖泡直到淡而無味的香片，偶爾才外出散步或買菜。但他體面好看的西裝、閃閃發亮的皮鞋都已經收起來，他漸漸和其他村子裡的中年人一樣，變得焦黃、衰老而猥瑣，他不再在乎外表，內衣汗衫就可以當做外出服，漸漸不像我口中驕傲描述的英挺人物，這讓我又著急又羞愧難當。

走往夜市的途中，我的感覺愈來愈複雜，因為很快地我們就要進入比較熱鬧的小鎮市區，走進鎮上那唯一的一條晚上燈光明亮的街道。在那條街上兩旁的商店裡，將會遇見我的同學坐在店裡呆望著外面，他們有的家裡賣現製的麵條，有的賣雞蛋和醬菜，有的驗光配眼鏡，有的賣木桶、水桶、鋁桶，有的家裡修理腳踏車，或者家裡是布莊、米店、西藥房……。他們將會看見我和一位平凡邋遢的衰老男子走在一起，他們將會識破我的謊言，知道我的父親並不在遠方的台北，而是在鄉下無所事事。

我輕輕掙脫父親握著的我的手，稍稍落後一步跟著他，希望這樣可以暫時鬆開我們的關係；父親似乎不曾察覺我的心思，繼續在黑夜裡咳得嘔心掏肺，身體激烈地震動。穿過了兩旁都是稻田的道路，我們進入燈光明亮的街市，經過同學家的製麵所，經過同學家的雜貨店，經過同學幫忙看守的夜市攤販，父親走進一家鎮上僅有的西藥房，我跟在後面，那也是一位隔壁班同學的家，同學正瞪大眼睛看著我，我只能面無表情不理他。

進了西藥房，坐在客廳的藥師向父親點頭致意，請他進入後面的小房間，等父親坐定之後，頭髮已前禿後白的老藥師拿出一支巨大的玻璃針筒，先將針頭在酒精燈上燒炙消毒，再為父親注射一大筒黃澄澄的液體藥劑。針頭插入手臂的肌肉時，我瞥見父親皺起了眉頭，大概是試著忍住疼痛吧。打完針後，藥師和父親又聊了一下天，父親才步出藥房。一星期總有一次或者兩次，父親就要到藥房來打一針，我們都聽說父親病得很重，每週打針就是明證，但我也不知道他患的是什麼病。

雖然和父親一起上街，有時候帶給我很大的尷尬壓力，特別是他愈來愈萎頓的容貌，和愈來愈隨便的穿著，但我還是喜歡和他出門，因為最後總有一些意外的驚喜。打完一大筒針之後的父親似乎心情愉快，他的面容煥發起來，用力拍著我的肩頭，說：「走，我們去吃麵。」

我們穿過夜市，那裡常常有吸引我目光的跑江湖賣膏藥的師傅，他們總是帶來各種不同的把戲，讓我們這些鄉下小孩大開眼界，順便還學到各種關於強精補腎的猥褻語言與禁忌知識。有一些賣跌打損傷外敷藥的師傅強調練功習武，他們自己就是穿著短打、一身肌肉的練家子，地攤上除了擺著藥粉、藥膏、貼布之外，也擺著幾張證書、感謝狀和照片，旁邊更散落著放著石鎖、金槍、刀劍之類的武器，點明他們的來歷。他們也總是先表演一段拳術或耍一趟刀槍，然後才托著盤子賣一會兒膏藥。有些師傅則帶來奇怪的動物，有人耍猴，有人玩蛇，也有人帶來能表演特異功能的老鼠、鸚鵡或松鼠，有的師傅則帶來不曾見過的奇禽異獸。有一次，有一位師傅帶來一條兩頭蛇，放在一隻布袋裡，攤上有狀極猙獰的圖片，標示那袋子裡是一條世間罕見頭分雙叉的凶猛眼鏡蛇，布袋蠕蠕而動，賣藥師傅又幾次作勢要把袋中之物扔到我們臉上，嚇得觀眾東躲西閃，生怕沾染不祥。我站在那裡看得忘了時間，直到姐姐尋到夜市把我喚回家，那條「兩頭蛇」始終沒有現身，讓我一直耿耿於懷。

但今晚和父親一起出來，我是不可能在賣藥攤子前停下觀賞的。我們直接穿過夜市，來到市場口的小麵攤，賣麵師傅不巧也是班上一位女同學的父親。其實也沒什麼巧不巧，鎮上那麼小的地方，每個人都認得每個人，每個人都和每個人有點什麼關係。

點著黃色燈泡的小麵攤賣的是典型的台灣切仔麵，有油麵、米粉，也有我們愛吃的意麵，麵攤上更有各種令人垂涎的小菜。父親和我坐下來，他自己叫了一碗意麵，也為我叫了一碗，並且要麵攤師傅在我那一碗麵裡加上一顆滷蛋，有時候則加一顆滷貢丸，是更奢華的意思了。意麵的湯很清，湯上漂著一點香氣十足的油蔥，麵上放著一些豆芽和韭菜，並且擺上一片白煮的豬肉片。

我們太少有機會能夠在外吃東西，這種偶然才有的小吃對我而言無疑是至高無上的美食。特別是那一顆在滷汁中滷煮得極入味的貢丸，它不同於後來我來到台北才吃到的彈牙新竹貢丸，它更大更軟嫩，中間包有肉末，似乎是魚漿所製（而非一般貢丸的豬肉），我離開家鄉之後，再也沒有吃過這樣的魚丸或貢丸。

吃完麵後，父親點起一根菸，若有所思地在麵攤上沉默許久，我在旁邊呆呆地等著，很怕遇見麵攤師傅的女兒，心裡希望父親趕快起身回家。我的念力彷彿奏效了，父親好像被電到一樣跳了起來，大聲叫道：「頭家，這邊算一下。」付帳之後，我們就回家了，一前一後從燈光明亮的街上慢慢走回黑夜中的家。

父親有一次在回家前遲疑了一下，交代我在家裡不要提到在外吃麵的事。我點點頭，以為是家中兄弟姐妹眾多，父親不一定能「公平」地帶大家出門，特別是一些兄姐已經大了，大我一歲的哥哥又在準備考初中，真正能跟著父親出門的只有我和弟弟，父親大概是不想讓其他小孩不開心吧？

這樣和父親在夜晚的市場口吃麵的機會有好多次。昏黃的光裸燈泡下，小麵攤冒著白煙和香氣，一碗香噴噴的清湯麵，漂浮著一、兩片白肉，以及那一顆大如拳頭、軟嫩柔美的滷貢丸，合起來成為我童年最美麗的回憶。

很多年以後，父親已經過世，我和母親閒聊時提及父親帶我去吃麵的舊事。母親說：「那是他該打針的錢，是他自己不想治療了，每次只打一筒營養針，另一筒的藥錢就拿去給小孩吃麵了。」她又嘆了一口氣說：「我也是很多年之後，到他死前才知道。」

父親交代不要提到市場口吃麵的事，原來是這回事。

2 六阿姨的聘禮——六個阿姨之一

兩名工人模樣的男子吃力地抬著一個木頭架子上樓來，狹窄的樓梯通道讓他們迴旋困難。抬上來的架子約莫是六尺長、兩尺寬，架子上滿滿地放著一個一個的大餅，大餅上貼著一張紅紙，寫個囍字。兩個人把木頭架子抬進來，放在榻榻米上，低頭欠個身，算是行了禮，父親正襟跪坐，頭髮梳得油光整齊，他彎腰深深鞠躬回禮，工人們隨即退了出去。

緊接著又進來另外兩名工人，這回我認出其中一位是附近糕餅店的師傅，毛巾還綁在額頭上，他們抬進來另一個木頭架子，架子上一樣滿滿擺著貼有囍字的大餅，父親再度鞠躬回禮，他們也退出了。然後是另外兩名工人，架子上是同樣的大餅和裝飾；然後再有兩名工人，又是一架子的大餅……。

可能已經來了約莫十個架子，榻榻米上已經排得到處都是了，架子上都是一模一樣的喜事大餅。但工人和架子還沒停，像水流一樣，來了一隊，還有一隊。樓梯口已經擠滿了好奇窺探的鄰居小孩，使得搬運工人的行進速度更加緩慢，我們自家小孩一樣好奇，我躲在媽媽背後觀看，哥哥姐姐們則藏在父親背後的房間，拉開紙門張望著。

突然間，工人抬進來架子上的內容主題起了變化，這一回架上不是大餅了，而是一堆一堆的糖果，有冬瓜糖、花生糖、牛軋糖，還有大塊的冰糖等等，五顏六色，十分誘人。兩名工人退出去，另外兩名工人上樓來，同樣是一架子五顏六色的糖果。探看的人更多了，不再只是小孩，連大人都來湊熱鬧，父親堆著憨憨的笑容，忙著鞠躬給送禮工人回禮，又要點頭和觀看的鄰居打招呼。這時候，擔著糖果的架子還繼續川流地送上樓來。

糖果的架子走了一陣子，架上的陳列又變了，這回是各種花糕了。雪白色的方糕、米黃色的花生酥糕，一塊塊疊起來，堆成梯狀，每個架上有好多堆。然後糕餅店的老闆也抬著其中一個架子上樓來了，放下架子，立即趨前向父親道賀，一面拿起搭在肩上的毛巾擦拭他的滿頭大汗。

花糕走完，新的架子裡的內容複雜起來，有瓜子、甘納豆、橄欖之類的零食，我對甘納豆特別垂涎，因為那是我最愛的零食。架子上有的也擺著香皂、肥皂之類的日用品，一塊一塊疊成金字塔型；還有一塊一塊折好的布料，或者緞子、絲綢，或者是布面，甚至還有可做西裝的高級毛料。

屋子裡裡外外全都堆滿了架子，工人還是兩名一組地陸續搬東西進來。這時候鞭炮聲響起，準姨丈進來，滿臉誠惶誠恐立刻撲跪在父親面前，父親慌不迭地去扶他起來，兩個大人拉拉扯扯，嘴裡講著各種客套的話語。我聽到父親說話的內容，意思好像是要他把東西拿回去，心裡不禁暗暗著急起來。

準姨丈，也就是後來的六姨丈，和六阿姨交往已經一陣子了，偶爾還會來家裡作客，和我們家人也已經熟了。他講著一種奇腔怪調的台灣話，還帶著濃濃的鼻音，常常被我們小孩拿來模仿取笑；媽媽說因為他是福州人，講的話和我們漳州人不一樣。準六姨丈有自己的事業，是我們往來親友中經濟最寬裕的人，他的提親得到父親首肯之後，今天送來的聘禮就是豐碩壯觀而禮數周到的，鄰里街坊之間面子已經做足了。

媽媽有六個妹妹，也就是我的六個阿姨。媽媽的父母親在戰爭時期就都已經過世了，六個阿姨都由大姐夫（也就是我的父親）扶養成人，現在父親也是以家長的身份來主持這些小姨子的婚事。六阿姨年紀較小，準備結婚卻比較早，三阿姨、四阿姨都還沒嫁呢。不，我這樣說也不對，七阿姨年紀最小（所以叫做Sueko，日文裡「末子」的意思），卻早在一年之前已經嫁人，只是她嫁的夫家較窮，沒有這樣的聘禮場面。

但父親意志堅定，最後用長輩的口吻，下了像是命令的話：「大餅我跟你收下來，其他你拿回去，這樣已經足夠了。」媽媽也立刻在一旁幫腔：「對呀，這樣已經足夠了。」

兩個男人又言詞推讓了一陣子，但肢體已經緩和了。準六姨丈終於回過頭，對著即將搬架子的工人揮揮手，工人會意止步，轉身退回去，走在後面的搬運工也都吆喝著回頭了：「不收了，不收了，回去吧。」準六姨丈也跟著退出去，屋子裡突然間就平靜了。

看到大人們離開，我高興地在禮物架子中跳來跳去，檢查各種聘禮的內容與用途，我當然最覬覦那些多達數十包的甘納豆，粉紅大顆的納豆飽滿結實，每一包都是兩斤裝，份量十足，我想像我們小孩可以大把大把地吃它，不必再小心翼翼一顆一顆地嚙咬著。

不久後，糕餅店的老闆肩上披著毛巾匆匆跑來了，父親不知道對著他低語說了些什麼，又拍拍他的肩膀，糕餅店老闆一直點頭，汗珠從他額頭上滴下來。糕餅店老闆離開幾分鐘之後，一群工人又回來了，一樣是兩人一組，他們開始把送來的架子連同上面的禮品抬回去，一架子一架子拿走了。

所有的小孩都呆若木雞站在旁邊，驚駭地看著搬運工作的進行，看著那些美好的東西成為曇花一現的夢想，如今又重新一樣一樣地消失在眼前。我沒說話，我才四歲，輪不到我說話。不知道是那個小孩先開的口：「媽媽，為什麼這些東西要退回去？」

媽媽還沒有完全感受到小孩子們的失落和失望，只是淡淡地下了決絕的結論說：「我們不能收，收了以後我們怎麼還人家還得起？」

要等到很多年後，我們有了錄影帶的觀片經驗，我們才會說那像是「倒帶」一樣，但那時候我們不懂得這樣說。工人們先把衣料拿起了，然後把日用品也拿走了，然後開始搬運那些零食。瓜子、橄欖我都不那麼在乎，很快他們就開始搬那些甘納豆了，每一個放有甘納豆的架子抬了出去，我的內心就陰沉一分，也破碎一分。

終於，他們要搬運最後一個放有甘納豆的架子了，他們顯然無意留給我們任何一絲的希望，我忍不住衝出去，攔住工人，緊緊抱住那個架子，大哭了起來。

工人停站在那裡，忍不住地偷笑著，一面轉頭看著我的母親，媽媽走過來把我抱開：「乖，那不是我們的東西，我們要還人家。」

我明白那是最終的命運了，每一次的抗爭最後都是同樣的命運，你永遠不可能對抗大人的最後決定，我有限的生命經驗已經明白這件事。我不吵鬧了，噙著眼淚，一面還輕輕抽泣著，安靜而認命地看著工人們把那些放置在房內的禮物架子一個一個搬出去。

其中的大餅已經被媽媽指揮阿姨們收了下來，並且一面忙碌地送往左鄰右舍，空架子也讓工人收回去。禮物搬空之後的日式屋子，不知怎地，看起來比原來空曠荒涼許多……。

3 末子阿姨的婚禮——六個阿姨之二

戰爭之際，似乎親人容易死去。倒不一定是因為刀兵之災本身，雖然每個人也都能說出一些空襲時砲彈如何從髮梢掠過，或擊中鄰居的驚險故事，但我聽到的直接死於空襲或射擊的平民故事還是比較少，大部分是死於戰亂流離、疾病無藥可以醫療，或者是營養不良等間接原因……。

與戰爭經驗同時常常聽到的故事是瘧疾的流行，媽媽說患染痲刺痢亞（Malaria）打起擺子來很痛苦，一陣刺冷一陣灼燒，不斷地出汗，好像要死去一樣，但發作一陣子痛苦又會突然消失，你還是得沒事人一樣爬起來生火燒飯，哄兒餵奶。常常煮飯煮了一會兒，擺子又急急發作了，忍不住時只好丟下煮了一半的飯，再掙扎去床上蓋著棉被發冷發熱，好了再起來工作，然後繼續絕望地等待下一次的發作。

媽媽說這樣的往事說得稀鬆平常，因為無藥可醫，痲剌痢亞傳播又廣，好像身旁親友都輪流染病發作似的，這些故事也因而聽起來不像災難或悲劇，倒像是在說早上起來輪流去吃一碗豆漿那樣的日常生活瑣事。但畢竟許多親人還是在那個時節裡死了，生離死別的遭遇也多了。

「那時候沒東西吃，也沒有藥醫病，只能眼睜睜看她倒在眠床上，一點一點死去。」媽媽淡淡地敘述她自己的母親，也就是我未曾謀面的外祖母，在戰爭中過世的往事。

媽媽是家中最大的女兒，已經嫁人，和她還很年輕的母親一樣，都得料理一個家，她們之間的關係因此更好像是姐妹或者相互打氣的朋友，而不是母女。但外祖母在戰爭中經不住生病的折磨死了，身後留給母親尚未成年的一個弟弟和六個妹妹，這還不包括另外在戰爭中夭折的最小的一個……。

媽媽講到往事，提到這些自己的弟妹，才開始真正長吁短嘆起來，因為這些眾多弟妹的油瓶才是她內心最大的壓力，她那個時代一個無力謀生的女子，這樣的命運可以變成巨大的悲劇，可是父親似乎是毫無反對意見地接受了這些來自婚姻的新牽累，也肩負起亦兄亦父的照顧責任，直到他們一一成家立業。一直到很多年以後，我的這些阿姨們提及父親時都還恭恭敬敬地說，歐尼桑（日語稱呼哥哥的敬語）如何如何；媽媽和她們說話也總是說，「恁阿尼仔待你們不薄啊，一個個把你們養大，他有一口飯，你們就有一口飯呀！」阿尼仔就是歐尼桑的暱稱，小時候家裡的用語有許多這種日語變台語之後的變體語言，我長大之後學了一點日文才弄得明白。

這個家庭劇變可能帶給媽媽長期的心理壓力，總覺得虧欠先生和婆家，對自己的弟弟妹妹也變得很嚴厲。但對我們這些小孩來說，這可是一件熱鬧好玩的事，我們還不懂得什麼是生存壓力，只知道很少有其他朋友家裡住著這麼多年輕美麗的阿姨，每天忙進忙出。

年輕的阿姨們忙些什麼？忙的就是我們這些更小的小孩。我們每個小孩都「分到」一個阿姨，像是特別照顧我們的奶媽一樣。這些「分配」好像沒什麼規則可循，像我就「分到」家裡年紀最小的阿姨：「末子阿姨」。

末子阿姨是媽媽家中最小的妹妹，媽媽叫她Sueko，也就是「末子」的意思，但我們小孩不懂日文發音，只是跟著大人叫：「蘇雷可，蘇雷可。」

末子阿姨有一段時間曾被送到別人家收養，媽媽可能是想減輕夫家的負擔，其他妹妹比較大，已經有一些較強的個人意志，最小的妹妹還小，就送到人家家裡去了。那個時代「童養媳」的風俗還在，也有人願意收容，但到了人家家裡一陣子之後，大概是不習慣，或者受到不好的對待，末子阿姨又逃了回來，媽媽不忍心，何況父親也覺得不必如此，末子阿姨就留下來了。

留下來的末子阿姨有一點心理不平衡，又正是青春期的叛逆少女，她是唯一會和媽媽頂撞的阿姨。但末子阿姨的叛逆和脾氣並不用在我身上，她做家事時，累了會發脾氣，覺得老么沒人疼。但她負責照顧我時，她總是大眼睛瞪著我，滿臉堆笑逗著我玩，對我好極了；我頑皮惹媽媽生氣時，她總是匆匆把我抱走，生怕我會被媽媽責罵。

末子阿姨其實也還是個玩心未泯的少女，她也不喜歡成天待在家裡，喜歡到處東看西看。她常常把我用包袱巾綁在背上，趁媽媽不注意偷偷溜出門外，來到隔壁賣花生湯的人家串門子。賣花生湯的家裡有年齡相仿的大姐姐，她們在廚房一面聊著天，一面幫忙撿著花生。我本來昏昏欲睡躺在末子阿姨的背上，被花生湯的熱氣與香氣驚醒，忍不住掙扎起來；這時候，末子阿姨會讓賣花生湯的大姐姐舀半碗花生湯給我喝，花生湯雪白濃稠，香甜柔順，還有一大顆一大顆軟綿綿的白色花生仁，十分好喝。末子阿姨一面餵我喝花生湯，一面撫著我的臉頰唱歌，直到遠方傳來媽媽斥罵的聲音，末子阿姨吐了吐舌頭，手指在唇上比了一個千萬別說的手勢，重新把我綁在背上，一溜煙地跑回家了。

有一天晚上，末子阿姨嗚嗚地哭了，她對著媽媽說：「阿姐啊，我不要嫁人啊。」我走過去抱住她，想知道怎麼了。媽媽笑著對我說：「蘇雷可明天要嫁人嘍，她要你做她的花童。」末子阿姨也破涕為笑，把我摟在懷裡，她又哭又笑，我太小，也不知道是怎麼回事。

第二天一大早，我還在迷迷糊糊的睡夢中，依稀感覺蘇雷可阿姨在幫我穿衣服，我睜眼看她，她穿了一身白色美麗的新娘服，三阿姨走過來要幫手，末子阿姨又哭了：「最後一次我給他穿衣服了。」鞭炮在外面噼哩叭啦響，大人們匆忙的腳步交織在紙門外，我爬起來，發現自己穿了一身新衣。媽媽笑呵呵走過來說：「趕快到門口去，新姨丈就要來了。」

媽媽跟我說，要站在門口等待，看到結綵帶的黑頭車來，鞭炮響起就要去開車門，她反覆叮嚀，一直說：「會不會？嗄？」

我像個小聰明一樣大聲回答：「會！」

車子果然來了，到了門口停下來，鞭炮也響了，四面漫起濃煙，我走過去開車門，但是試了幾次都打不開，新姨丈笑呵呵地從裡面開了門，我踉蹌了一下差點摔了跤。新姨丈大手一把捉住我，笑吟吟地把一個紅包袋塞進我的褲子口袋。然後大人們有許多喧嘩笑聲，我看見末子阿姨打扮得像仙女一樣美麗，端著茶和橘子走出來，然後又有許多喧鬧和儀式。

最後新姨丈扶著末子阿姨要走了，末子阿姨突然又回頭滿臉淚痕捉住媽媽：「阿姐呀，我不要嫁哇。」媽媽和父親卻都只是堆著笑，末子阿姨又衝向我，把我緊緊抱住，哇哇大哭起來：「阿姐呀，我捨不得小弟呀！」

但那只是儀式，阿姨最後牽著我的手，緩緩走出門外，準備要上車，鞭炮又響了。可是我在爬上汽車的時候頭頂撞上了車門，痛得大哭起來，新娘子急得把我抱在懷裡，把白紗也掀起來：「呀，惜惜惜，不要哭。」

喜宴上，末子阿姨一直抱著我，大家看起來都很開心的模樣。最後媽媽和父親說要走了，末子阿姨又用紅包袋包了一隻雞腿塞在我手上。回家的車上，我本來開開心心吃著雞腿，但愈想愈不對勁，我突然發現我的蘇雷可阿姨沒有回來，而且可能是不會回來了；雞腿還咬在我的嘴裡，我已經忍不住大哭起來。

媽媽一巴掌打在我的後腦勺：「人家在辦喜事，你這個小孩早也哭晚也哭，是要做啥？」

4 四阿姨的約會——六個阿姨之三

一直窺探窗外的媽媽突然輕呼：「啊呀，來了，來了！」三阿姨聞訊則掩口驚呼：「怎麼辦？現在怎麼辦？」全家人旋即陷入緊急與混亂當中……。

我從二樓窗戶探頭去看，昏黃夕色裡，一輛三輪車的黑影已經從遠方的公路轉進我們房子前方的小徑，沿著稻田一路行來，很快就要來到我們家門口了。我還想繼續探伺從三輪車下來的是何方神聖，冷不防三阿姨一把抓住我的後領，一面氣急敗壞在我身後大叫：「人家已經來了，還不趕快去穿鞋？」

我早已經穿好全身整齊的禮服等在屋裡快一個鐘頭了，這樣光鮮的打扮通常只有過年的時候才會有，現在才秋天呢，離過年還有好幾個月，但今天是一個新鮮的大日子。四阿姨經過相親之後，已經初步對男方有了好印象，現在對方誠懇邀請，兩人將進行第一次單獨的約會，讓彼此有更多相處了解的機會。當然，在那個時代未結婚的孤男寡女怎好獨自私會？女方提條件說要帶一個伴同行，而選中的護花使者就是不滿七歲的我了。

約會的節目是說好由男方請客的一場晚餐，小鎮裡沒有像樣的餐廳，男方因而把約會訂在隔壁村子的省政府員工福利社附設餐廳，路途可不近，男方又約好親自來接。整個下午全家上下都神經緊繃、坐立不安、議論紛紛，媽媽盯著四阿姨的服裝換了又換、看了又看，三阿姨也湊著一起討論各種細節。現在，黃昏向晚的真理時刻終於降臨，來客的三輪車已經兵臨城下，接下來的故事究竟是要怎樣發展呢？

但四阿姨是全家最鎮定的人，她好像反倒不緊張，順從地或者忍耐著接受兩個姐姐關於服裝和打扮的反覆無常的建議，有時候我也聽到她在房裡發出大聲、帶著抗議的口氣說：「哎呀，這種樣子怎麼見人呀？」

不知道經過幾次反覆的修改之後，四阿姨終於豔光四射地走了出來，全套深藍色有方格的洋裝，頭髮下午已經先到美髮店裡洗燙好了，耳朵上別著的是媽媽珍貴不輕易示人的珍珠耳環，脖子上則是一串和耳環成套的珍珠項鍊，手腕上還有外祖母留下來的翠玉手環。她臉上打了粉底，塗了胭脂，唇上還塗了紅豔豔的唇膏，她幾乎像是電影畫報上印出來的電影明星了。三輪車來到門口時，家裡嘰嘰喳喳亂成一團，她霍地從椅子上站起來，抿抿嘴唇，伸手拉著我，回頭看著嘴裡還唸唸有詞的媽媽說：「阿姐，我去了。」她挺起胸膛，英雄勇赴刑場一般，快步往門外走了出去。

四阿姨其實已經有一段時間消失在我們家庭之中，大人們提到她的名字時都低聲竊語，有一種小孩不該多問的禁忌氣氛，我們也都不知道她怎麼了。但在我們舉家搬到中部山城之後，四阿姨突然又回來了，再度成為家庭裡的一員。我們小孩子都很高興她的歸來，特別是跟隨媽媽最久的三阿姨剛剛嫁人，四阿姨就成了家中幫助媽媽的重要支柱。

四阿姨和三阿姨個性是很不一樣的。三阿姨是性格溫柔傳統的古典大美女，水汪汪的大眼睛，小小的瓜子臉，害羞安靜，任勞任怨，在六個阿姨當中最乖也最能幹，炒的菜最好吃，巧手又能織能縫，好像什麼都會，是媽媽的得力大幫手。外祖母過世後，媽媽姐兼母職，扶養一個弟弟和六個妹妹，還要料理自己六個嗷嗷待哺的小孩，家事負擔實在不輕，加上父親的工作遠在深山礦場，多半時候不在家，平日家事多虧有了三阿姨的勤勞能幹。

三阿姨從未離開家，雖然年輕時追求者、提親者很多，她總覺得媽媽家裡少不了她，糊里糊塗倒錯過了自己的婚事，年紀較輕的五阿姨、六阿姨、七阿姨都早嫁人了，三阿姨卻一直還在我們身邊。等到我們全家搬到人生地不熟的中部鄉下，媽媽才著急起來，後來經過介紹，才嫁給了年紀不小的外省人公務員，這在當時台灣人正常人家是不尋常的。但這些擔任低階公務員的外省人知書達禮，安分守己，又孑然一身來台灣，沒有公婆親戚牽累，媽媽覺得是好親事。後來三阿姨家庭幸福，證明媽媽的判斷是對的。

三阿姨有了歸宿，媽媽又對遠行歸來的四阿姨的婚事感到焦急，循舊例又由人介紹了另一位在省政府工作的外省人，相親之後，雙方印象都良好，才有今天的約會之議。但我說四阿姨和三阿姨個性是不一樣的，行走過江湖的四阿姨有著男孩子般的氣概，她剪了一頭俐落短髮，講的普通話也和她的短髮一樣清脆俐落，連口音都不像台灣人。四阿姨可不像三阿姨那麼溫柔婉約，臉上雖然也笑容可掬，一抹眼神卻銳利得可以殺人，談吐用語雖然也客氣有禮，當中卻不難聽出堅定的立場和堅硬的決心；媽媽有時候也感嘆四阿姨生錯了女兒身，如果她不是生來就穿裙子，可能會轟轟烈烈幹一番大事業。

這位外貌像電影明星、內心其實是英雄豪傑的四阿姨，如今正牽著我的手，大步向門外走去，準備去赴人生一場重要的約會。媽媽跟著我們到了門外，一位臉上堆滿殷勤笑容的男子早已佇立等在三輪車旁，年紀恐怕是比適婚年齡更大若干歲了。他的頭髮剪得很短，露出青色的頭皮，上身穿著白色清潔的中山裝，下身穿的是灰色的西裝褲，白色短襪和黑色大頭皮鞋，看得出來是規矩正當的人。但他拿著一方藍色條紋手帕頻頻拭汗，看得出他的緊張，當然，南台灣的秋天傍晚有時候還有仲夏的感覺。

三人坐上三輪車，四阿姨技巧地把我安置在中間，那就給了她在狹小空間中一點安全的距離。車伕賣力踩著踏板往隔壁村莊駛去，天色偏藍還未盡暗，路燈已經亮了，清風拂面，可以聞見兩旁稻田的氣味。男子用很客氣的口氣與四阿姨聊天，大部分是問一些家裡的事情，還不斷地發出尷尬的笑聲，似乎是害怕無話可說的冷場，偏偏四阿姨是很酷的，答案乾淨俐落，兩個字說得清楚的，絕不用三個字，弄得這位老實的外省人有點招架不住。

好不容易來到了餐廳，像是用來辦結婚喜宴的大廳上擺滿大小桌子，滿堂賓客勸酒喧嘩，很是熱鬧。因為是省政府的職工福利餐廳，食客幾乎都是外省人，大堂上各省口音交雜，就是沒有台灣口音。跑堂招呼我們坐在一張鋪著紅白桌巾的小圓桌，笑臉男子殷勤詢問四阿姨的口味，四阿姨語氣明快，聽不出內心情緒：「我沒有不吃的東西，我也不熟這裡的菜，一切您來決定，我通通樂意接受。」

還沒上菜，汽水就來了，這是意外的驚喜，我的心情已經好得不得了。不久之後，菜也上來了，都是家裡不曾吃過的外省菜，每一道菜都很美味。我對其中一道「蔥燒海參」

特別感到印象深刻，在此之前我從未吃過海參，這時覺得它軟糯帶脆的口感新奇，而它飽吸醬汁的滋味也十分甘美。

兩個大人拘謹地輕聲談著話，男子怕冷場，嘴巴不停地說話，還一面拿著筷子勸菜；四阿姨小心著她的口紅和難得穿來的洋裝，抿著小口斯文地咀嚼著。他們都吃得不多，笑臉男子只好不斷把菜挾到我的碗裡來，我發現大人們不會在乎我吃了多少，就放膽撿好吃的拚命吃。我喝完了一整瓶汽水，男子又要了一瓶，我看見四阿姨飛來一個嚴厲的眼色，我假裝沒看見。

最後晚餐終於結束了，剩下一桌的飯菜，男子笑呵呵地說：「小弟弟要不要來一點冰淇淋呀？」四阿姨正要推辭，我卻朗聲說：「好呀。」四阿姨轉頭給我一個殺人的眼神，但我把頭別開，管他呢，回家以前沒有人會處罰我，此刻我好像要什麼就會有什麼呢……。

5 山的那一邊——六個阿姨之四

我猜想我知道五阿姨的存在，只是我不曾見過她。

三阿姨每天煮飯、炒菜、洗衣、縫衣，做了大部分的家事，家裡從來少不了她忙碌的身影，媽媽只要碰到任何頭痛的麻煩事，總是習慣大叫三阿姨的名字來救命：「連嬌！連嬌！」當然，媽媽叫的是日文，嬌字唸起來像是「救救我」的救字，而三阿姨總是立即應聲出現，成為名副其實的救星。

四阿姨有一段時間不見蹤影，我們都聽說她出門在外，可能是在遠方某處工作吧？六阿姨每天打扮得漂漂亮亮，像個電影明星，她在銀行上班，打扮的模樣有種摩登都會的時尚感。她給我們小孩子表演過一個工作特技，把一疊百張綑好的十元鈔票解開，用手指順

過一遍之後，從中一分為二。

「每邊都是五十張。」她很有信心地說。

我們拿來數了數，果然都是五十張。再試一次，還是一張不差。我們吵著問她怎麼做到的，她慧黠地眨眨眼，笑著說：「熟能生巧呀。」

再表演數鈔票，一疊鈔票在手中扇形張開，好像拿著一副撲克牌，她快速地用手指頭十張十張去數，百張鈔票只消三、四秒就數完了。

七阿姨，也就是末子阿姨，年紀還小，只是個青春期的大女孩，皮膚曬得黑黑的，像個莊稼女，但她有一雙靈動的大眼睛，笑起來很漂亮。她是負責照顧我的貼身保母，成天把我背在背上，四處去蹓躂。

二阿姨年紀和媽媽較近，早嫁人了，就住在對街，她的小孩比我大哥還大，是我這一輩裡最大的，大表哥因而成為我們當中的孩子王。但是二阿姨不知怎的和媽媽吵架了，弄得後來不太來往。

二、三、四、六、七，五個阿姨來來去去，沒有人提及排行第五的阿姨，但我猜想我知道五阿姨的存在，只是不曾見過她。

五阿姨存在的第一個證明，來自於我自己的邏輯與疑問，幼小的我歪著腦袋問媽媽：

「為什麼三阿姨、四阿姨之後就變成六阿姨，第五的到哪裡去了？」

媽媽的反應大出我的意外，她先是狠狠地瞪了我一眼，彷彿我說了什麼不該說的話，緊接著她的嘴角抽搐，突然轉身回頭走往廚房，路上卻忍不住端起圍裙的下襬掩在臉上，開始嚶嚶地哭泣了起來。我呆若木雞地佇立在走道上，末子阿姨快步走過來，一手抄摟起我，立刻把我帶到樓下門外的騎樓，不讓我捲入接下來可能發生的風暴。

但大人說話也未必比我更小心。有一次，一個不常來往的親戚來到家裡，母親和她坐在榻榻米上，就著矮桌喝茶，問候完家中大小、閒話家常之後，冷不防這位親戚突然問到：「阿雲仔現在在哪裡？」

媽媽的臉立刻垮了下來，笑容僵在嘴角，囁嚅地說：「我也好幾年沒有伊的消息，聽說是搬到內山去了。」內山一詞雖然指的是台灣東部，但在那個交通不便的時代，高聳巨大的中央山脈擋住了去路，去到山的那一邊，聽起來和遠走海外到了巴西、烏拉圭之類的，音訊中斷、人海阻隔，永遠難再相見，是一樣的意思吧？

氣氛變得有點尷尬，這位親戚顯然不相信媽媽說阿雲沒有消息的話，繼續又旁敲側擊地問了一些關於「第五仔」的近況與消息，平日精明靈光、應答如流的媽媽支支吾吾，答得支離破碎，不太有說服力的樣子。親戚還窮追不捨，帶著刺探的意味又問道：「咁攏嘸

寫信回來？」

媽媽吶吶地嘆口氣說：「嘸呀，一張信也嘸呀。」

所以五阿姨是存在的，我在一旁想著。五阿姨還有個名字叫阿雲呢，而且人住在內山，只是一封信也無。內山究竟在哪裡我也不太知道，只知道如果大人說誰住在內山，就是我們不會見到他的意思。

但「一封信也無」這句話可能不是真的，因為不久之後，我就聽到媽媽壓低聲音和三阿姨說：「阿雲仔有寫信回來，伊咧講……」然後她的聲音壓得更低更輕了，我裝作沒事人一樣在紙門內外走來走去，但我聽不清楚底下說的是什麼。好像有幾個人名，也有幾個大概和金錢有關的數目字，聽起來有嚴重的感覺。

三阿姨聽著聽著面色凝重，頻頻點頭，媽媽最後又說：「諾，別讓你阿尼仔知道。」

三阿姨順從地點點頭說：「我知。」

末子阿姨先嫁人了，我失去了童年最好的玩伴，但她偶爾會帶著扮手禮回來看媽媽。回來的她已經有了身孕，化了妝塗了口紅，衣服也變豔麗了，露出成熟大人的模樣。緊接著漂亮如電影明星的六阿姨也嫁人了，辭去銀行的工作，搬去了台北，專心做她自己口中說的「老媽子」，我們就少看到她了。

然後我六歲時舉家遷居到中部的山城，只有尚未嫁人的三阿姨、四阿姨同行，六阿姨和末子阿姨都很難見面了。六阿姨讀過書，有時候會寫信來，信末還會問候每個小孩。我最懷念的末子阿姨，沒唸過什麼書，連寫信也難了，慢慢地，我連她大眼睛的笑臉模樣，也有點記不清了。

晚結婚的三阿姨和四阿姨來到鄉下，已經都有點錯過婚期了，在父親的主導下不無委屈地嫁給了外省人。三阿姨和四阿姨結婚後都住在隔壁的村子裡，坐短程公共汽車可達，騎腳踏車可達，不然走路半個鐘頭也可以到達。因為距離，我們已經和北部的親戚都斷了連繫，只剩兩個阿姨住在可以常常見面的距離，所以一直維持很親密的往來。

兩位新姨丈都是忠厚老實的讀書人，跟隨國民政府來台擔任基層公務員，薪資微薄但生活穩定，他們都離鄉背井，單身多年，不但勤勞，而且多能鄙事，都能夠自己縫衣下廚。我們和唐山文化初步接觸，樣樣覺得新奇，至少在飲食方面的確是如此。

兩位姨丈，一位來自山東，一位來自河北，都擅長北方的麵食文化。手勁大的三姨丈揉麵做的饅頭，紮實飽滿又清甜耐嚼，做的包子則外皮蓬鬆，內餡豐盛，吃來猶如節慶一般。腦筋靈活的四姨丈花心思發明的三色水餃，分別用胡蘿蔔、韭菜和白菜做餡，水餃煮起來皮變透明，露出三種內餡的顏色，成為三種不同顏色的水餃，美味之外另見巧思。

新的飲食文化闖進了我們家，我們開始學習用空酒瓶捍麵，試做饅頭與包子，也試用白麵條煮麵（台灣人本來用的是油麵），並且做全新的新菜如蒜苗炒臘肉之類的。這樣文化混同的新奇趣味每天都在發生，加上我們也正在適應做一個農村的鄉下人，我漸漸習慣只有兩位阿姨的生活，忘了我有六位阿姨這個事實，更不記得有一位提到名字要低聲細語的五阿姨了。

時間一過又是二十多年，父親過世了，辦完葬禮，還有一場尾七的法事，我們選在一個寺廟為逝者唸經並開素筵。葬禮大部分是基督教儀式，因為弟弟是基督徒，對他比較方便；但尾七的法事卻又變成帶著民俗色彩的佛教，因為媽媽說親戚們來了總是要拜，結果變成了人格分裂的雜拼喪事。

尾七的法事上，七名和尚虛應故事地含糊唸經，一遍遍音調平板嗡嗡嗯嗯的佛唱讓人昏昏欲睡。突然間道場裡旋風似進來一位戴墨鏡的高瘦女子，面貌和三阿姨幾乎一模一樣，一進門就衝到媽媽面前，媽媽驚叫：「阿雲仔？」

兩個人抱著開始哭，哭了一會兒，媽媽抽了空又問道：「你怎麼知道要來？」阿雲說是誰誰誰告訴她的，又說：「阿尼仔走了，我一定要來呀。」兩人抱著繼續哭。最後，眾姐妹圍著這位新來的、長相卻同出一模的我的「新阿姨」，問東問西，問她這些年來都在幹嘛，大家說了又笑，笑了又哭。

我在一旁插不進嘴，心裡想著，山的那一邊的五阿姨，真的是存在的……。

6 舅舅來訪時——六個阿姨之五

一如往常放學返家時，從轉入通往家門的田埂上，我遠遠就看見門口竹椅上坐著兩個男人喝茶的身影，其中一位當然一定是父親，但另一位意外的喝茶者究竟會是誰呢？這意味著家裡來了一位客人，我忍不住加快了腳步，書包也因為我的奔跑而在肩上晃盪不已。

等到我氣喘如牛跑到接近家門前的空地，我已經看清楚來客的面容，雖然他的樣貌變了許多，我仍然認出那是多年不見的舅舅。

愛漂亮的舅舅變胖也變老了許多，頭髮卻稀少了，也有點花白了，不再是昔日風流倜儻的模樣。我們都聽說他病得很重，已經無法工作，但此刻他滿面孩子氣的笑顏，臉色像喝過酒一樣紅潤，捧著腹像一尊彌勒佛似的，怎麼樣也看不出是個病重的人。

舅舅在長輩們的口中，是個愛派頭、亂花錢的敗家子，但我心裡暗暗不服，敗家子又怎樣？敗家子最受小孩子們的歡迎。舅舅一看見跑得上氣不接下氣的我，像往常一樣的慷慨，他笑呵呵地伸手到口袋裡掏出一張五塊錢的鈔票，揚到我的鼻下，說：「你去買一瓶黑松沙士，要冰的，大瓶的喔。」

他回頭正好迎見父親飄過來不以為然的眼神，隨即又補充了一句：「天氣太熱了，大人小孩都喝一點沙士，也不壞。」

自從搬到中部鄉下之後，我們幾乎和北部的親戚都斷絕了往來，主要是交通阻隔不便，轉幾趟車的折騰，跑一回總要花上一整天。前一次祖母才遠從北邊的海港來看我們，事先老家有信來，我們知道她清晨五點就要出門了，卻苦苦等到天黑，她才出現在車站，把大家都擔心死了。

也是搬到中部山村之後，本來很親密的六阿姨和末子阿姨都不容易見了，舅舅更是多年不見，他的片段消息都是從大人支離破碎的言談中旁聽拼湊而得。有關舅舅的消息常常伴隨著提供消息者的品評議論，這些鄉議大部分不是正面的。說他愛亂花錢，不知拿錢回家，家裡沒米下鍋，小孩沒書可讀；說他不負責任，早早就辭工在家，讓嬸嬸出門幫傭賺錢養家；說他嗜賭，把一點積蓄賭得不剩，還伸手向妻兒要錢；說他浪蕩貪杯，如今搞壞身體，無法工作……。

但這不是我們眼中受歡迎的舅舅。首先，我們有六個阿姨一個舅舅，舅舅比較稀奇，已經天生占便宜。再說，阿姨們大部分時間都關在家裡，就算是出門工作的六阿姨，也只是個固定上下班的職員，舅舅浪蕩江湖，看過世面，言談就比較豐富多彩。最重要的是，舅舅完全不像父親那種不苟言笑的嚴肅大人，他和每個女生打情罵俏，連雜貨店的歐巴桑也不放過，他又耐得住性子與小孩逗趣，假裝認真對待小孩的每一句話，自己說話也瘋瘋癲癲，半真半假，有趣極了，再加上出手大方，慷慨請喝汽水請吃冰，怎麼會不得孩子們的歡迎？

我拿了舅舅給的五塊錢，旋風也似地衝往村子的雜貨店去買黑松沙士，沙士聽起來就比汽水還要高級呢。冰冰的沙士拿回來，玻璃瓶上流下冰涼的水滴，像是一行行的眼淚，楚楚誘人。我們興奮地搬來板凳坐在門外的路邊，每人一杯地喝著那帶有藥水味的冰涼棕色液體，並且聽著舅舅以喜劇性的口吻描述著遠方親戚的近況。那是傍晚微涼時分，輕風吹來，我們興味盎然地聽著，一面啜飲著一種非日常的飲料，依稀就有了一種節慶的感覺。

到了全家共進晚飯的時候，舅舅更在餐桌上宣布，他將在飯後請所有的小孩到戲院看電影，我們歡聲雷動，開心得不得了，媽媽一面苦笑一面搖頭，一面忍不住還是埋怨說：「你不是沒頭路了嗎？哪裡還能這樣花錢？」舅舅笑著說：「阿姐呀，我大老遠來作客，總不能身上不帶錢呀。」

小孩子們度過像是放假或過年的一晚，夜裡大家都睡了，我卻因為太興奮而睡不著，客廳燈光還亮著，我聽見媽媽和三阿姨、四阿姨壓低的談話聲，三阿姨說：「沒事伊跑來鄉下要幹什麼？」

媽媽說：「哪知？伊也沒講，我也沒問伊。」

三阿姨說：「是不是又要來借錢？」

媽媽說：「應該不會吧？伊也知道我沒錢借他。」

四阿姨說：「會不會又要阿尼仔幫他找工作？」

三阿姨忿忿地說：「伊敢？上次給他介紹工作，做兩個月就說太累不幹了，伊還有臉叫阿尼仔給他介紹工作？」

最後是四阿姨英雄式的聲音：「你們不問，我明天來問他。」

第二天起來，哥哥姐姐都上學去了，我還是低年級，只上半天課，中午就放學回家了。進了門，慵懶的舅舅才剛起床，正在打哈欠、伸懶腰呢。我陪在旁邊看舅舅津津有味吃著三阿姨為他準備的早午混合餐，一面等著他說出什麼好玩的提案。但我一轉頭，警覺到四阿姨正瞅眼斜看著舅舅，隨時準備發難的樣子，不禁有點著急。好不容易舅舅吃完了飯，悠閒地點起一根飯後菸享受，四阿姨就說話了：「哥呀，這次你老遠來，究竟是因何貴事呢？」

四阿姨還故意把「因何貴事」四個字講得咬牙切齒，好像在唸歌仔戲的台詞說白一樣。舅舅聽了這句帶刺的話，慘笑了一下，面容變得嚴肅起來，回頭對我說：「小弟，去請你母親大人來一下。」

我衝到屋後的廚房去叫媽媽，媽媽一面在圍裙上擦手，一面快步走出來。舅舅等大家坐定，呼了一口白煙，幽幽地說：「我這個病，沒多久了……」

「……也不是不想醫，只是也醫不好了。」

三阿姨眉頭皺起來，媽媽低聲說：「不會啦，只要好好靜養……」

舅舅笑起來，好像又開心了：「不用安慰我，我都準備好了，去陰間的車票都買好了，到站就下車啦。」但那些看似爽朗的笑容也不無一些陰暗，他又說：「只是對不起太太小孩，他們以後比較辛苦。」

「我是想回老家前來看看你們，叫你們別再操我的心、生我的氣。但是我也另外真的有事。」

正在專心聽話的四阿姨露出疑心的神情：「什麼事？」

舅舅突然回頭看著媽媽：「姐仔，你記得咱媽媽死的時候，下葬時她的假牙有沒有放進去？」

媽媽說：「為什麼突然問這個？下葬的時候，我四處找不到她的牙齒，只好就那樣把她埋了，那時候是戰時呀。」

舅舅臉色轉白，嘆一口氣說：「看來是真的時間不多了。」

「這幾個禮拜，我一直夢見阿母，她一直跟我說，細漢仔，來的時候幫我把牙齒帶來，我在這裡沒牙齒不方便。」舅舅輕描淡寫地說：「幾十年沒夢見她，最近她倒是每晚來向我討牙齒，我只好跑來你這裡問一問，看你看見牙齒沒？」

媽媽和阿姨頓時陷入一種驚疑和感傷的混合情緒中，一方面覺得托夢討牙齒太神怪，一方面又對外祖母長期沒牙齒感到不忍和內疚，三個姐妹嘰嘰喳喳討論起究竟應該如何是好。

舅舅在一旁聽著覺得有點無聊了，轉頭對我說：「小弟，天氣太熱了，再去買一瓶冰涼的黑松沙士如何？」

7 阿雪——之一

阿嬤說要來看孫子的消息傳來，引起大家一陣緊張，新的消息又說阿雪會陪著她來，大家才鬆了一口氣。

我們家從北部雨港搬到中部山城鄉下已經好幾年了，在那樣的交通不便與通信阻隔的時代裡，區區兩百公里的距離幾乎就切斷了我們與北部親戚的往來，只能靠父親偶爾寫信來維繫一些連絡關係，但漁村親戚大多是不會認字的勞動階級，較頻繁的書信往返是不可能的，因為他們總是需要找到識字鄰居的幫忙，才能讀一封信或寫一封信。

阿嬤要來的消息是怎麼傳來的？我也有點記不清了，也許是二叔的小孩，也就是我的堂兄，負責寫的信。一開始的來信上可能也沒說清楚阿嬤要來的時間與其他細節，我們也窮緊張了一陣。是呀，阿嬤年事已高，不識字，不懂看招牌，又不曾出過遠門，她要怎麼樣自己一路換乘至少四趟不同的巴士和火車，才能從她的漁村到達我們居住的農村呢？

至於沒有說確切時間，我們倒是可以想像的。阿嬤從來不明白「計畫」是什麼意思，她只會說：「找一天，我要去南部看大漢仔和孫子。」大漢仔（老大）指的就是我父親，孫子就是我們了。但「找一天」就沒有人知道是哪一天了，一定是等到某一天早上起來，阿嬤覺得時候對了，氣候也對了，她把包袱打理好，和所有屋子裡的人說：「我要來去看大漢仔囉。」大家才會知道她找的原來就是這一天。

不過來一趟路途遙遠的中部鄉下畢竟是大事，漁村裡的其他兒子、孫子說好說歹，說服她由孫子先去城裡幫她買好火車票，又說服她由阿雪陪她同行，阿雪本來就是她最疼惜的身邊人，阿嬤也就答應了。這樣，第二封來信就告訴我們火車的日期和阿雪同行的消息，我們才放下心，鬆了一口氣。

雖然阿嬤和阿雪清晨一大早就出門，我們也已經知道她們搭乘火車的時間，但那仍然是一場漫長難熬的等待。一趟從基隆到台中的平快火車足足要走超過六個鐘頭，而且不擔保什麼時候能到達，因為平快火車遇見任何特快車都得停下來等待，到達目的地的時間還有點看天吃飯的味道。

就算老小二人順利到了台中，能不能順利找到開往我們住的鄉下的巴士，我們也不知道，何況每個火車站都有前站、後站好幾個不同的巴士站，鮮少出門的阿嬤，和才十五、六歲的小姑娘阿雪，她們能在陌生的城市裡找到那條卑微不顯著的鄉間路線嗎？

可能是聽到大人們心神不寧的議論紛紛，整個早上我的腦中也不斷出現想像的畫面：我彷彿看見阿嬤和阿雪天未亮就走出家門，阿嬤手裡挽著包袱，阿雪抓住她另一隻手臂，兩人孤單站在無人的公路旁巴士站牌下，等候著車班稀少的、前往基隆的公路局巴士……；然後我又彷彿看見阿雪扶著阿嬤在人潮洶湧的基隆火車站裡，瞇著眼看著各種號誌招牌，尋找她們應該上車的月台，攤販的叫賣聲和車掌的口哨聲迴響在她們的周圍……；然後我又彷彿看見兩人從台中火車站下車，吃力地走出人潮洶湧的火車站大廳，卻又被車站外邊更大的人潮海洋吞沒，我彷彿看見阿雪在人群中不斷向路人點頭詢問巴士站的位置，姿態和口吻猶如陳芬蘭唱的〈孤女的願望〉中的歌詞……。

到了下午將盡的時候，等待的焦慮更深了，算算阿嬤她們上了火車也已經超過八個鐘頭了，順利的話是應該要到了，大哥已經被媽媽兩度派出去車站探望，但望穿秋水，還是不見阿嬤和阿雪的蹤跡。

一直要等到天色轉為金黃，下午五點多的時候，才看見大哥跑步回來，大聲叫道：

「到了，到了，阿嬷來了，阿嬷來了。」我們往道路遠處看去，果然一高一矮的身影，矮小的阿嬷手裡勾提著一個超大包袱，高大健碩、曬得黑黝黝的阿雪正攙扶著她，一步高一步低往我們的方向走來。

進了屋子，媽媽擰了濕毛巾給阿嬷和阿雪擦汗，並且端上泡好多時的茶水。阿嬷卻急忙打開包袱巾攤在客廳桌上，裡面拿出來的是一包包煮好的小管，和各種腥香四溢的大小魚乾，都是海邊捕魚人的東西，難怪包袱看來那麼壯大而沉重。父親咧著嘴呵呵笑，這些都是每餐無魚不歡的父親喜歡的家鄉味，他可開心了，也不忘開口稱讚阿雪：「阿雪愈來愈大，也愈來愈懂事了，也知道帶阿嬷出門，走這麼遠的路。現在幾歲了？」阿雪的圓臉羞得通紅，低頭小聲說：「過年就十五歲了。」

媽媽陪著阿嬷坐在客廳，一位一位親戚點名問著他們的近況：「阿鹿仔現在安怎？」阿嬷答道：「娶某了，你知否？娶隔壁庄的米店頭家許明賢伊家的查某囝仔，上個月的代誌。」媽媽也嘆氣接口說：「唉，也沒有人跟我講，也顧不到禮數，現在住到這田莊處所，親戚朋友都斷了消息。」

三阿姨在廚房裡準備大餐，忙得不可開交，鍋鏟炒菜聲鏘鏘鏘不停地響著。年齡相近的兩個姐姐把阿雪帶走，嘰嘰喳喳指給她看燒水洗澡的地方和晚上擠在一起睡覺的房間。

我一會兒躲在客廳旁聽父親、媽媽與阿嬤的談話，一會兒跑進廚房探看三阿姨的燒菜進度，一會兒又去瞧瞧姐姐們和阿雪在做些什麼。

但阿雪是我的什麼人？我簡直不知道如何向同學解釋。對我們來說，阿雪當然是一個「家人」，只是所有姨嬸侄甥的稱謂都不適用。媽媽依據年齡要我叫她「阿姐仔」，這姐姐既非堂姐也非表姐，她和我們家甚至沒有任何血緣關係。事實上她是一位時代末端的「媳婦仔」（童養媳）。

舊時候的窮人家，這當然包括我的漁村老家在內，他們覺得所有的婚嫁過程勞民傷財、成本太高，很難負擔。與其養女兒十多二十年終究要嫁人，自己還要花聘金、聘禮去討媳婦，不如拿女兒直接換個小女孩來，一面當女兒養，養大直接送做堆做媳婦，嫁女兒的嫁妝、娶媳婦的聘禮全免了，同樣一番教養小孩的「工程」，省掉「換來換去」的許多麻煩，這在台灣還是貧窮移民社會的時代是很盛行的。台灣人在講自己委屈的時候，用語裡還常常說「好像童養媳一樣」，可見原來這是很普遍的現象。

阿嬤仍然習慣「童養媳」的觀念。她自己就是一位從小入門的童養媳，她把自己的女兒都送出去給別人家（我從小沒聽說有姑姑，因為姑姑都送人了，後來知道的姑姑都是長大再相認的），也去要來好幾位預備給兒子做媳婦的女孩。阿嬤覺得這樣做理所當然，但時代已經開始變了，童養媳不再「安於室內」，兒子也未必都肯直接接納童養媳做老婆。至少，我的父親就是第一個「意外」，他在窮困的漁村中「意外」讀了書，「意外」看見了外面的世界，「意外」談起了「自由戀愛」，「意外」引發了家庭革命，他不肯和家中從小一起長大的童養媳成婚，堅持要有自己的選擇。

家裡的童養媳也一樣，她們不再死守閨中，她們有的也上了小學，開始出外到工廠做工，看到了不一樣的世界，也有了自己的自由意志，甚至不惜逃離領養她的家庭。這一連串的意外，當然帶給阿嬤「世界顛倒」的感覺，也帶給她各種全新的背叛心痛和處理考驗，她必須找到一種不同於傳統的智慧，才能在新舊社會中求得一種平衡。阿雪，就是她手中最後一個例子。

8 阿雪——之二

住在漁港老家不識字的阿嬤第一次出遠門，跑到中部鄉下來看我們，我們都很緊張，生怕她在路途中走丟了，幸虧有聰明伶俐的阿雪陪著她。我們焦急地等了又等，終於等到拎著大包小包的阿嬤和阿雪的身影出現在公路車站。

進了屋子，媽媽擰了濕毛巾給阿嬤和阿雪擦汗。隨後父親、媽媽和阿嬤在客廳聊天講話，大姐、二姐就帶著阿雪拿行李進了她和阿嬤晚上歇息的房間。大夥吃過熱鬧的晚飯後，阿嬤早早就進房休息了，我卻一直還聽見姐姐們和阿雪談天的嘻笑聲。

阿雪是一個童養媳，阿嬤從小把她抱來，女兒一樣親手養大，一直跟在身邊，如今已經十五歲，比大姐和二姐稍大，是個懂事的大姑娘了。她皮膚曬得黝黑暗紅，身體結實成熟，看起來比實際年齡還大，加上腰身粗屁股大，好像隨時生幾個胖娃娃絕無問題。阿雪說話很大聲，總是扯著嗓門講話，用語也超乎平日媽媽容許我們的粗魯，但她個性開朗，笑口常開，樂於助人，別人有事她絕不袖手，很討家裡和鄰居的歡心。

阿雪勤勞能幹，清晨起來打水升火，家裡大小粗鄙事都由她幫忙阿嬤打理，該縫的縫，該煮的煮，該掃的掃，什麼事都難不倒她，她也做來開心愉快，沒有一絲委屈。阿嬤和三叔、四叔住在一起，輕度智障的四叔沒有娶親，三嬸身體不好常常生病臥床，阿雪又沒上學，全部時間都待在家裡，反倒成了家中的勞動主力，阿嬤也很疼她。

既然是童養媳，照理說本來一定有一位預定許配的對象，但爸媽絕口不提，我也完全看不出來。許配給未結婚的四叔是太小了，可能原來的目標是要許配給二叔的小孩，也就是我的大堂哥，或者是預備許配給我的大哥也有可能。但時代已經悄悄變了，大哥和大堂哥都上了學、讀了書，他們恐怕是比上一代更不肯接受一門指定的婚事。阿嬤說到這樣的事總覺得惋惜怨歎，但她也明白現在勉強不來了。

一個已經沒有「指定用途」的童養媳該怎麼辦？阿嬤淡淡地說：「已經養這麼久了，有感情，捨不得還人家了，就當自己的女兒養了，不然要怎樣？」

阿嬤這樣的感慨已經不只「一代」了。阿嬤自己就是一位從小被送到祖父家門的童養媳，即使在她「媳婦熬成婆」之後，她仍然熟悉並且習慣「童養媳」的觀念。她覺得窮人家不該養自己的女兒，因為養不划算，嫁也嫁不起，光是嫁妝的禮數就難以負擔。經濟上養女兒很難，娶媳婦則更難，因為聘訂和婚禮都是非常昂貴的事，窮人家餬口已經感到艱困，哪來的餘力積蓄以準備聘禮呢？

阿嬤仍然習慣把自己的女兒都送出去給別人家，也按照她的理解要來了好幾位預備給兒子做媳婦的小女孩。但時代已經開始變了，兒子們未必肯接納家裡一起流鼻涕長大的童養媳做老婆。我的父親就是第一個「抗命者」，他意外有機會出外讀書並工作，看到不一樣的世界，有了自己的想法，談起了即將成為潮流的自由戀愛，不再想和命定的童養媳對象成婚。

兒子堅持要有自己的選擇，但每一場家庭革命顯然也都造成了一位沒有歸宿的童養媳。對阿嬤來說，童養媳從小養大，多年陪在身邊，情同母女，她是捨不得再還人家了，也只好當女兒一樣替她尋找歸宿，儀式簡單但也是規規矩矩地嫁出了門。養了童養媳，不但沒有省到聘禮，最後還得奉上一筆勉力湊齊的嫁妝，這一盤生意是滿盤皆輸了。

有時候不是兒子不肯接受，而是童養媳不再「安於室內」。童養媳長大，卻來到了「國民義務教育」的新時代，警察大人帶著本子來家裡開導，說每個小孩都得上學讀書，不然就是犯法。童養媳也跟著上學讀了書，識了字，心也野了，她也不甘心再嫁給家裡那個一起長大的髒兮兮的臭男生，有時候一個不順心，她就逃跑了。

既然童養媳的起因是「經濟考量」，離家出走的童養媳對阿嬤來說，意味著一種「財物損失」，這對一個窮人而言是痛苦折磨的。這種時候，阿嬤突然變得表情嚴肅、意志堅強，她四處打聽消息，絲毫不肯放棄。終於有一天，她得到了一個可靠的情報，說女孩在板橋某處工廠工作，阿嬤立刻打理包袱，便動身去尋她。找到女孩時，女孩或者已經有了工作，或者已經有了男人，但阿嬤還是不死心，苦口婆心勸她回家，動之以情或者動之以理。女孩也有來自親生老家的壓力，畢竟當年許給人家是一個承諾，毀棄承諾會讓親生父母在村裡抬不起頭。所以大部分時候，阿嬤還都能說動小媳婦回家。

回家的童養媳通常能安靜一陣子，變得沉默而多心事。但離家第一次最難，第二次便容易得多，她已經熟門熟路了，只要一有情緒波瀾，女孩就又逃得無影無蹤。阿嬤的反應仍是不生氣，她耐心地打探並等待消息，然後再次出門去尋她，找到之後又勸回了家。

一次兩次三次，媽媽也看不過去，忍不住說：「她如果不想住我們家，就隨她去吧，找回來又跑，沒完沒了。」阿嬤還是嘆氣說：「從小看到大，嘸甘呀。」

最後一次找到那位跑了多次的童養媳，她已經跟了人家，也生了小孩，阿嬤還勸她回家，童養媳哭說：「那我小孩就沒媽了呀！」阿嬤說：「不然連先生囝仔一起都回來好了。」

阿嬤的想法是，如果童養媳跑了，那是財物的損失；如果她帶回來一個先生，最好還有兒子，那家裡增加了勞動力，那就算是賺了。這種「親情算術」是對是錯不好一言而決，但結果是小媳婦真的帶了先生小孩回來，家裡憑空多了一些完全沒有血緣關係的親人。有時候家裡要做一些事，譬如修繕老家的房子，全家各戶一分攤，雖然過程吵吵鬧鬧，「人多好辦事」，一下子也就做成了，阿嬤的遠見，看來不是沒有道理的。

我聽了許多老家的童養媳故事，現在來到我們家的阿雪就是貨真價實的一位，我是充滿好奇的。阿嬤年事已高，阿雪幾乎是貼身的看護，這位童養媳已經沒有「標的」丈夫，阿嬤也捨不得還人家，留在身邊像女兒一樣疼著。阿雪聽說也很孝順，在家又刻苦耐勞肯做，大家都當她是不可或缺的親人了。

陪著阿嬤來訪的驚鴻一瞥，她們就回去了，我就沒再見到阿雪。幾年後，我突然聽到媽媽對三阿姨說：「唉，阿雪跑了。」三阿姨也感到驚訝：「怎麼會這樣？那麼乖的女孩。」

媽媽說：「她不甘心關在家裡，央求要出去工作，讓她去工廠，大概被男人騙了。」

兩人一陣唏噓，三阿姨又問：「阿嬤有沒有說什麼？」媽媽說：「也吵著說要去找，但已經那麼大歲數，不知找不找得到？」

媽媽低估了阿嬤的毅力了，不久之後，阿嬤在基隆找到了阿雪，已經和一位名叫春生的船員同居了，肚子也大到藏不住了。阿嬤還是勸回了阿雪，春生大哥也跟著住進了我們老家。

我再回漁港老家作客時，春生和阿雪已經是招呼我和父親的主人了。他們的房間獨立裝潢過，老家其他房子還是泥土地和木頭床，他們的房間則貼了磁磚，還有一張彈簧床，我無意中還窺見一台大同電扇和擺在床頭的洋酒。但阿雪老得很快，幾年前還是無知小女孩模樣，如今是三個小孩的媽，豐滿的胸部肥大下垂，臉上也開始有了皺紋。

最後一次聽到阿雪的消息，那是辦完阿嬤喪事後，父親和叔叔們正在商量分家產的事，三叔說：「阿雪說她也要一份。」妯娌們開始七嘴八舌吵起來，有的罵她不要臉，又說她憑什麼，有的說她：「根本就不是詹家的人。」父親沉吟半晌，最後抬起眼瞼，宣布似的口氣：「她照顧阿嬤那麼多年，該有她一份。」

但我們老家童養媳的故事，到這裡是最後散戲的一段了……。

9 在山中——之一

天色還未亮，我看見廚房已有火光。走進廚房，灶上已經生了火，一大鍋水正咕嚕咕嚕地在爐上沸騰著。媽媽蹲在廚房一角，就著一盞昏黃的光裸燈泡，三十燭光的吧？正在地上忙些什麼。我走了過去，安靜地在她面前蹲下來，媽媽抬頭看了我一眼，也沒說什麼，臉上也沒什麼特別表情，但好像有著一種「喔，你來了？」的心照不宣意味，緊接著她就低頭繼續忙她的工作了。

溼溼的水泥地上放了一塊板子，板子上白花花灑滿了麵粉，媽媽正蹲踞著用力在板子上揉著一個麵團。反覆搯揉了多次之後，她拍拍結實的麵團，似乎感到很滿意。隨即她又用桿麵棍把麵團桿成一大張麵皮，先從旁邊的碗裡撈一大匙花生油塗在麵皮上，再抓一把蔥花平均鋪在麵皮上，然後再把麵皮對折再對折，重新用桿麵棍把它桿平，再一次塗上油、撒上蔥花，再一次把它折起，重新桿平。如此重複地做了好幾次，直到整個麵團泛出油光，綠色的蔥花也在麵皮之下透明可見。最後媽媽把麵團揉成長條，切成一個一個比拳頭略小的麵團塊，再把每一塊小麵團桿成比手掌大一些的圓餅形狀，拍上一些麵粉之後，媽媽站起來，把整塊板子連同十幾個圓餅抬起來，帶到爐邊，點火啟用灶上另一個炒菜鍋，準備要煎這些餅了。

我不是第一次蹲在廚房看媽媽做她的蔥油餅，事實上，我很愛呆在廚房，看那些重複一致的動作：麵皮桿平、塗上油、撒蔥花，再捍平、塗油、撒蔥花，再桿平、塗油、撒蔥花……；或者是把一個小麵團用掌心下緣推開，再用桿麵棍桿成圓形，再推開一個麵團，桿成圓形……。每一個相同的動作，媽媽做起來都是輕巧無聲，卻又流暢無比。我也愛看媽媽或者阿姨施展刀工的時刻，譬如橫切式地把一塊豆腐切成四薄片，每片再橫切一次，變成八層薄片，然後再細細地直切，把它切成和干絲一樣的豆腐細絲，準備煮湯或者炒菜。每一塊豆腐都這麼重複著橫切橫切再直切的動作，我盯著媽媽的手部動作，像特寫鏡頭一樣，只看見手上的大菜刀如何橫向片過豆腐，一次又一次，直到她必須轉向做其他家事為止。

媽媽在灶火上用炒菜鍋煎著餅，兩張餅在鍋內旋轉著，只放極少的油，半像是煎半像是烘，蔥油餅慢慢地從蒼白變成金黃，餅內因為揉入很多油，油光穿透餅皮，露出一種透明感，讓內裡的綠色青蔥變得清晰可見。媽媽額頭上冒著汗，火光把她的臉映得紅通通，她專注地煎著餅，很快地，面前的盤子裡已經滿滿一疊餅了。

這時候，天色已經逐漸亮了，橘紅色光線斜斜照進廚房，角落裡的紅磚灶像被灑上一層金粉一樣，泛起金屬般的光澤，頭頂上危危顫顫垂掛下來那盞光裸燈泡早已經變得暗淡無光。「啪！」的一聲，媽媽隨手關了燈，並且把那一大盤約莫二十幾張的蔥油餅端到餐桌上，用紗罩蓋起來。

媽媽再回到廚房，打開爐上一個鍋子，白煙一股腦冒上來，那是一鍋已經煮好的白晶晶米飯。媽媽用飯匙挖開它，並且把它鏟鬆，似乎是讓它透氣或者散熱。然後，她拿了一隻飯碗，裝滿一碗開水，又調了一匙鹽到水中，這時候我已經明白，她正預備要做「我們家的」飯糰。

「我們家的」飯糰，什麼內餡都沒有，那是一隻橢圓形狀、比拳頭還大、足足要用掉一大碗白飯、裡面什麼都不包的白飯糰。媽媽用鹽水來捏飯糰，入口時有淡淡鹹味，細嚼之後有悠長的米飯甘甜。但媽媽說這就是桃太郎出發去打魔鬼所帶的飯糰，他就是用這些飯糰爭取到白狗、猴子和雉雞的加入，最後才同心協力擊敗了鬼島上騷擾村民的惡鬼。「我們家的」飯糰，和桃太郎的飯糰一樣，都是旅行出門時才使用的，每次我們學校要遠足或旅行時，媽媽就給我帶桃太郎的飯糰，那滋味因而也和外出的興奮相互連結，總是美好的。

媽媽手指頭沾著鹽水，仔細地一個一個捏著飯糰，飯糰大得一個手掌還握不住。她一共捏了六個，每三個用粽葉包成一串，放入布袋中。

然後她又取出約莫十來根的小黃瓜，在水龍頭下細細清洗，洗淨後她用紗布擦乾，取出鹽用力抹在小黃瓜上，一根一根用手掌搓揉，好像要把鹽分壓進小黃瓜內，再放在水流下沖洗。這是媽媽的「淺漬」（Asatsuke），搓上一些粗鹽卻又立即洗去它，效果是整條小黃瓜幾乎和原來新鮮的一樣翠綠清脆，但又有著一絲淡淡鹹味，以及鹹味所帶出來的小黃瓜的新鮮甘甜，而在時間過程中，小黃瓜不易變酸，水分也不會流失太多。

媽媽把小黃瓜先整齊放入塑膠袋中，再把塑膠袋放入布袋；她再從紗罩下拿出蔥油餅，數了其中十二張，先分別放入兩個塑膠袋，再一起放到布袋裡。布袋裡現在已經有六個飯糰、十二張餅和十幾根小黃瓜。這是我和父親兩天份或者三天份的「口糧」了。

父親本來在煤礦礦場工作，生病回家之後，只能接受委託在家裡畫畫地圖，替別人申請煤礦開採權，賺一點維持生活的小錢（那是遠遠不夠的）。後來身體好了一點，他也更積極地介入探勘，以及與省政府礦業廳接洽；除了已有的地質資料之外，他也想確定各種礦藏的內容，偶爾就要親自出門尋找「露頭」，找到「露頭」幾乎就是地層推斷的積極證據了。

今天就是一個出門尋找「露頭」的日子，父親身體不好，需要一位幫手來提東西、背東西，我已經上了初中一年級，是個可信賴的大小孩了，今天就輪到我和父親出門。現在，綁在我背上的布袋裡放滿了口糧，有填飽肚子的飯糰和葱油餅，也有生津解渴的淺漬小黃瓜；和桃太郎一樣，我是準備好要出征了。

父親戴著斗笠，拄著拐杖，走在前面；我也戴著斗笠，背上背著一袋子食物，腰間還有一壺水，走在後面。我們先乘坐客運車一顛一簸地來到國姓鄉的山區，父親先到小街上轉了一下，找到一位熟識的老工人。沒説幾句話，有點佝僂的老人很有默契地點點頭，回屋裡在頸上綁了一條毛巾，戴上一頂斗笠，蹬著一雙高筒雨鞋，背上一個竹簍，手上更拽著一把挖土的丁字鎬，不出聲地跟在父親和我的後面。

一開始本來還像是在農家的後院走路，很快地幾個轉彎，人家愈來愈少，然後就全是山路了。山路坡度不小，樹木也密集茂盛，雖然給了我們樹蔭的遮蔽，但我還是聽見老工人氣喘噓噓的聲音，父親回頭示意我幫老工人拿那把丁字鎬，我去拿了過來扛在肩上，不料卻發現它比想像中沉重很多，但好強的青少年怎麼肯示弱？我漲紅了臉，換了一邊肩膀，繼續扛著它大步走路。父親一切看在眼裡，嘴角微微一笑，也沒說什麼，轉身就走在前面了。

10 在山中——之二

父親在前方引路，我扛著丁字鎬緊隨在後，佝僂的老工人揹著空竹簍步履艱難地走在最後面。

從村裡的柏油路轉進未鋪設的農村小路，一開始還好像走在村莊的僻靜處，我處處可以看見農家的後院，看見曬衣服的婦人和隨處走動的雞隻。走著走著，住家開始稀少了，但還看得見稻田，坡地上也還有一些果園，園中整齊站著結實纍纍的果樹，外面則有人工修整過的圍籬。

幾個轉彎之後，父親開始轉進一條坡度較陡、僅容一人穿過的狹窄山路。我感覺眼前一暗，光線減少了，兩旁都是高大的樹木，樹蔭遮蓋了山路，走路變得涼爽。我本來已經一身是汗，現在感覺涼風襲來，溼透的汗衫貼在背上的皮膚有冰涼的觸感。前方看起來像是更幽暗濃密的樹林，父親究竟要去向何方也開始成為我心中的疑惑。

父親在一處溪澗流水旁停了下來，溪水從我們腳邊湍湍流過，發出琤琤淙淙撞擊溪石的聲音，溪石上有兩隻黑色的蝴蝶像是對話一般忽上忽下飛舞著。但父親盯看著的不是山路的前方，而是溪水流下來的山壁。路邊的山壁有涓涓細流流下來，水流向上分開了濃密的樹木，看得見一些參差的石塊。

父親向老工人使個眼色，咕噥地講了一句日文，老工人也不答話，從竹簍中取出一把生鏽發黃的開山刀，賣力地爬到山壁上，開始劈開左右雜生的植物和橫七豎八的樹枝，似乎是要開出一條道路來。

父親也攀爬上去，踩在水中，示意要我跟上。大概是看出我的困惑，說話本來不多的父親偈語一般解釋了幾句：「沒有路了，水就是路；水走過的地方，路就開了。」可憐的年輕的我，被這幾句啞謎弄得加倍迷惑，又不敢追問。也許還要等我多上了很多年的地理課和地球科學課，我才逐漸明白這些話的意義。

我們三個人踩著小水流和錯雜的石塊，避開懸在頭上的樹枝以及突如其來的蜘蛛網，小心兩旁高可沒頂的割人劍草，我們在密集的草本植物與雜樹林中前進，只是順序現在顛倒了，老工人在前方砍著雜草樹枝，父親跟在後面，我則緊握丁字鎬跌跌撞撞，深怕落了單。

在不見天日的密林裡，也不知道走了多久，額頭上的汗水不斷流進我的眼睛，我也騰不出手去擦它。又走了一會兒，我先是聽見有蜜蜂似的聲音在耳邊盤旋，然後那聲音逐漸變大，從嗡嗡聲變成轟隆轟隆聲，最後，潑喇一聲，我們三個人從密林裡穿出來，眼前豁然開朗，前方竟然是白練般直落的一條大瀑布，底下是一潭顏色碧綠的深水池，遠方則是一條蜿蜒的溪流。

我們站立在山腰上，腳下踩著的小水流顯然和瀑布是同一個水源，只是流向不同。父親觀察了一下地形，示意大家往瀑布下沿走。

我們在瀑布下方水潭邊休息了一會兒，就著水壺輪流喝了一口水。父親指著溪流的下游說：「跟著溪流走，應該就可以找到了。」

我知道我們是來找「露頭」的，但找的是什麼「露頭」，或者究竟要如何才能找到「露頭」，我是一無所知的。但如果父親說沿著溪流走就可以找到，我倒是深信不疑的。

我們又還原為父親在前、我居中、老工人墊後的隊形，父親走得比原來緩慢很多，他不時停下來觀看被溪流切開的山壁，我試著學他把眼光集中、趨前端看，但我只是看到岩石和泥土，以及從泥中裸露出來的樹根……。

我們很多時間走在溪流旁的砂石地，有時候則走在水流上的大石，父親一直看著溪流旁的山壁，時間大概是正午了，頭上現在沒有遮蔭，太陽的熱力變得更加強大，汗水又開始流進我的眼睛，肩上那把丁字鎬越來越沉重，而且已經磨破我肩上的皮膚了。

父親在溪流的一個空曠處停下來，端詳了半晌，最後他向前走幾步來到山壁旁幾棵小樹的樹蔭下，他拿起脖子上的毛巾擦了擦汗說：「我們在這裡休息，吃點東西吧。」

我快要累壞了，哐噹一聲把丁字鎬丟下，並把背上的布袋拿下來，準備取出食物，卻看見老工人走到另一棵樹下，褲口袋裡掏出一包菸來。

我把飯糰和蔥油餅拿出來，父親在石頭上鋪上手帕，坐了下來，接過去一個飯糰和一張餅，示意我把食物拿給老工人，老工人一面抽著菸，一面接過一個飯糰，我也坐在父親身邊，開始大口咬著媽媽清晨做的蔥油餅。

蔥油餅已經冷了，但一口咬下去，青蔥的香氣冒出來，油滋滋的餅口感柔軟卻又有嚼勁，細嚼之後又有一種麵餅的甘甜，餅裡顯然也是放了鹽的，咀嚼時有淡淡的鹹味留在舌尖，這讓我突然覺得口渴。我伸手拿出布袋裡的塑膠袋，裡面還有翠綠欲滴的小黃瓜呢。

我把小黃瓜遞給父親和老工人，自己也抓起一條，一口咬下去，清脆的破裂聲以及清涼的生黃瓜汁液同時給了感官的雙重刺激，淺漬黃瓜的鹹味和蔥油餅的甘甜味交纏在一起，和諧的樂音一樣相互增強著，覺得全身舒暢起來。

「看到前面山壁上的樹根嗎？你拿丁字鎬去挖挖看。」父親突然叫著我，半條小黃瓜還在我嘴裡，他指著前方左邊的山壁，要我動手。

我拿起丁字鎬走向前去，但山壁上的泥土看起來都一樣，看不出所以然來，我只好比了比位置，回頭看著父親，父親沒說話，只是點了點頭。

我高舉丁字鎬，用盡力氣一記鋤下去，泥土帶著樹根漱漱落下，黃土剝開，裡面竟露出純白色的土層來。我疑惑地回頭看父親，父親笑了笑：「那就對了，你回來吃東西吧。」

老工人走上前來，把丁字鎬接了去，開始一鐽一鐽地鋤下白色的泥土，並把泥土裝進帶來的竹簍子裡。

我回到父親的旁邊，拿起飯糰預備再吃，但我還在驚訝的情緒中，咬了一口的飯糰呆呆拿在手上。父親回過頭來，微笑看著我說：「那是高嶺土，我們找到露頭了。」

老工人裝好一簍子白色的高嶺土之後，回到樹蔭下又吃了一張餅和一條小黃瓜。我默默地咬著帶著鹹味米香的飯糰，心中不知道該高興還是失望，我很高興和父親一起完成一件大事，我們找到「露頭」了，但我也有一點失望，我不知道一切發生得這麼快，我以為我們還有很多的冒險行動要進行呢。

11 二姐的抽屜——之一

我已經準備好要好好探索二姐的抽屜了，就在今天下午，想到這裡，我的內心既緊張又無比興奮。

窺探搜索別人的抽屜，一向是令人興奮的事，何況，在我們家裡，並沒有太多抽屜可以供我探索。

父親有一張大書桌，放在客廳裡，那是一張歲月久遠厚重的暗棕色木頭書桌，桌面正下方，有兩個橫向的大抽屜，右邊緊貼著桌腳，則有三個直排的小抽屜。在父親出遠門的時候，我已經探索過那些抽屜好多次了，我已經熟知其中的寶藏，必要時，我也能夠輕易把內容拿出來據為己有。

書桌右上方的抽屜裡，有紅線直條的信紙，有玻璃瓶裝的墨水，藍色、黑色、紅色，還有很少用的綠色墨水各一瓶；抽屜邊上，整齊排著幾枝鉛筆、一枝鋼筆，和一枝沾水筆；沾水筆旁邊則放著一盒十二個的沾水筆筆頭，但它可能已經空了幾格，但至少還有八、九個筆頭，細心地用毛邊紙包著。

左邊的抽屜裡，放了兩捲半透明雪白的描圖紙，一些大張的白紙；一旁整齊放著好多項各種硬度的炭鉛筆，一把木製的丁字尺，一把鐵製的直尺，有公分和英吋兩種刻度；還有一整盒二十四色的色鉛筆。左邊角落則放了兩盒印泥，和兩個父親的印章，一個是木製的章，如果郵差在門口大叫掛號信，我們當中就有一個小孩要衝進來拿那個木頭章，再衝出去拿給郵差先生用印；另外一個印章是角質的高級章，不知道是什麼獸角做的，每當和房東簽租約時，父親就會鄭重其事拿出那個刻著篆字的角質印章，口裡對著它呼氣，然後用力地蓋下去。

右邊小抽屜裡，第一格是一些釘書機之類的文具，第二格、第三格都是製圖用具，黃銅做的，閃閃發光，父親有時候要拿出來用絨布擦拭，並在關節處上油；小油瓶和絨布也放在第三格裡，小油瓶有時候我們也拿來潤滑家裡的老鐘，每次發條上了油之後，我們試著撥動指針，它就開始敲鐘，發出清脆響亮的聲音。

製圖用具有很多盒，有一盒全是各種大小的圓規，有一盒則是各種粗細的墨水筆。圓規或者墨水筆，都有加了旋鈕的筆頭，你得小心翼翼用沾水筆填入墨水，把旋鈕旋至你要的出水粗細，畫出來的線比任何印刷品還要乾淨筆直。還有一盒製圖器械包含了各種形狀的工具，有分腳規和鶴嘴筆。鶴嘴筆有一個可以隨意轉動的筆頭，它的筆頭像一隻鳥又尖又彎的啄頭，當你學會懸腕控制它的方向，你不再需要曲尺，可以畫出又滑順又圓滿的弧線來。父親在畫地圖的時候，就是用這鶴嘴筆畫出一條一條優美圓弧的等高線來。

大哥沒有書桌，他和我們一樣，都在榻榻米上倚著矮桌讀書，他的書放在餐廳旁一個櫥櫃裡，我也曾在他上學的時候探索過那個櫥櫃，裡面有一些高中的參考書和舊課本，一些作業用的筆記本，這些對我沒有太多吸引力。但有一本書用包裝紙緊緊包起來，我常常看見大哥在假日捧著它讀，他在室內跨著大步，對著那本包著外衣的書點頭微笑，他時而搖頭晃腦，時而誦讀出聲，十分陶醉的模樣。我把它從櫃中拿出來，發現那是一本《三國演義》，我試著讀它，發現讀了幾句就碰到困難，我從來沒有看過這樣的文字。我才國小二年級，文言文對我還是完全陌生的。

有一天傍晚，我又把它從櫥櫃中拿出來，看不到幾個字，大哥就回來了，當場撞見我正在窺探他的櫥櫃，但好脾氣的大哥好像一點都不介意，他摸摸我的頭說：「哇，想看

《三國演義》？看得懂嗎？」

我心虛地搖搖頭：「看不懂。」

大哥興致勃勃地說：「好，我來說給你聽。」他把書接過去，打開最前面的書頁，搖頭晃腦地讀了起來：「話說天下大勢，分久必合，合久必分。這句話的意思是說，天下的局勢，一個國家本來好好的，過了一段時間就會亂，就會打仗，就會四分五裂；可是，一個社會打仗久了，分裂久了，老百姓就累了，打仗的也慢慢打出輸贏，國家慢慢就統一了，又合成一個國家……」

我興味盎然地聽著，這些都太有趣、太神奇了。可惜本來充滿夕陽橙輝的廚房開始暗了，大哥突然打住，他說：「今天就講到這裡，下次再說吧。」然後，他就丟下書，做自己的功課去了。

第二天、第三天，我都在傍晚時分捧著書等著大哥告訴我：「欲知後事如何，且聽下回分解。」但他好像忘了，他視若無睹地行經我渴望的眼神，也不介意我手中拿著他心愛的書，他已經是個大人了，身體、言談看起來都是，我不敢開口要求他。

第四天下午，我又把櫥櫃裡的《三國演義》拿出來，我太想知道故事的下文了，翻開書，試著讀它，我發現大哥其實只講了半頁，這半頁因為聽過了，完全是讀得明白的。我再試著讀那還沒有講過的半頁，很神奇的，我發現自己是看得懂的，半是狂喜，半是猜疑，我繼續一段一段地讀下去，不知不覺讀到太陽下山了。

一個智力剛開啟的鄉下小孩，他是找不到足夠的閱讀材料的。每學期開學時，我最高興發課本的那一天，一疊嶄新的課本來到課桌上，我飢渴地讀著一頁又一頁，通常在那一天下午，我已經讀完所有那學期的課本，之後的整個學期我的上課就變得很無聊了。有時候我偷看教室外面樹上小鳥跳上跳下的動作，或者眺看遠方的白雲變幻各種形狀，或者我在課本上畫著各種西部牛仔的漫畫造型，直到我被老師活逮，叫到教室後面去罰站為止。

有時候我發現同學家裡有一本童話故事集，或者一本過期的《讀者文摘》，我會想盡辦法拜託那位同學拿來借給我，或者容許我到他家去讀一個下午。大部分同學家裡都是種田的，家裡也許只有一本黃曆，很難有其他書。但如果那位同學父母親當中有人是省政府的公務員或學校的老師，極有可能他們家會有一些意想不到的寶藏，我可以借到《胡適文選》或者《朱自清全集》；但有時候運氣不佳，我會借到《應用公文範例》或《實用尺牘大全》，那就完完全全失落了。

但大哥櫥櫃裡的《三國演義》，帶給我一個足夠份量的寶藏。我每天下午讀它，我才二年級，每天只上半天課，有足夠的時間與略帶文言的演義體搏鬥。每天讀幾頁，故事引人入勝，當我讀到曹操中計被圍，年輕小將典韋挺身而出，他把十幾枝短戟插在地上，大叫左右：「賊來十步乃呼我！」左右說：「十步矣！」典韋又說：「五步乃呼我！」左右又大叫：「五步矣！」他從地上拔起短戟射出，一戟飛出就有一人倒地，我讀得喘不過氣來，《三國演義》的畫面真的和綜藝七彩寬螢幕的電影一模一樣呢……。

12 二姐的抽屜——之二

除了父親工作用的大書桌，家裡只有二姐有書桌。

那是一張小巧可愛的白色原木書桌，面對牆壁放在榻榻米上，高度只及膝蓋，是供跪坐使用的。桌面大約只有六十公分乘四十公分，桌面下有橫向並排的兩個小抽屜，桌腳是細細的兩條直線，下方有較寬的墊板，保持它的平衡。木頭是未上漆色也未上桐油的原木，顏色是近乎牙籤的乳白色，撫摸桌面時則好像有一種細沙紙的觸感，十分舒適雅致。

這張書桌是哪裡來的？我完全不知道，但知道有這張書桌時，已經都歸二姐管理並使用了；我們其他五個小孩都沒有別的意見，彷彿那是理所當然。因為二姐是全家功課最好的學生，不，她根本就是我們小鎮上功課最好的小孩，或者全世界我知道的範圍成績最好的學生。她也是任何考試永遠的第一名，是那種如果沒有每一科都滿分就算失敗失常的討厭鬼。

二姐從小就是最有紀律、最用功的學生。那時候台灣升學考試競爭激烈，學校裡還盛行惡補，二姐已經小學五年級了，馬上要考初中，每天放學後都得留在學校裡加課，回到家天都黑了。她一回到家，匆忙吃完晚飯，幫忙洗好碗筷之後，就坐到她的小書桌用起功來；她那麼安靜專注，相形之下，坐在不遠處的我就顯得毛躁不安，我又想做作業，又想把「尪仔標」拿出來玩（尪仔標是一種圓形紙牌，小孩們把它疊起來，指定其中一張為王牌，各用一張紙牌去打它，看誰先把那張王牌從疊牌中分離出來，我每天練習，所以技藝精湛，出門總是贏一堆紙牌回來），又擔心挨媽媽的罵，身子扭來扭去，內心被兩種力量扯來扯去，最後作業也沒寫完，紙牌也沒玩到。

但二姐沒有我這種凡俗的貪玩慾望煎熬，她坐在她的小書桌前，背對著榻榻米上其他的全家人（其他人全部圍坐在一張榻榻米上的矮几，各據一角，讀書或做家事），面對她的書本，半垂著眼瞼，好像入定的觀世音菩薩一樣，嘴裡唸唸有詞，一讀起書就是全神貫注好幾個鐘頭，毅力耐力都驚人。而我在一旁早已經被瞌睡蟲糾纏得頭腦不清，決定放棄作業去睡覺了。我和弟弟七手八腳把蚊帳搭起來，關掉大燈，鑽進被窩，當我們昏沉入睡之際，我回過頭，還可以看見角落小書桌的檯燈亮光和一個端坐的身影，二姐還繼續在用功呢。

二姐嚴肅認真近乎神聖，雖然沒有大我幾歲，我們幾個弟弟都不太敢和她講話。但她那張小書桌特別令人羨慕，她每天從抽屜拿東西出來，或者閱讀或者整理，一遍又一遍，裡面都藏的些什麼寶貝呢？我既好奇又不敢直接問她，一直在想，哪一天也許可以偷偷看看二姐的抽屜。

但偷看二姐的抽屜是令人緊張害怕的。我搜索父親的抽屜並且亂動他寶貝的製圖用具，並不感到害怕，父親好像不會介意我們動他的東西。我偷看大哥櫥櫃中的藏書，大哥是個溫和謙恭的人，很少生氣，被他發現了好像也沒關係。大姐沒有抽屜也沒有櫥櫃，我完全不知道她把東西放在哪裡，也許和衣服一起放在衣櫃裡。媽媽的東西都放在一張小小的梳妝台，我早就全部搜索過一遍，但我只找到一本用包裝紙包起來的日文漢藥書（每當我們生病時，媽媽就翻查那本藥書，再到中藥店抓藥回來煎），還有一本橫線筆記本（裡面用鉛筆和極小的字體，記錄著家中每一筆開銷，譬如空心菜二毛、水費十二元、藥房注射三元等）。

二哥、弟弟和我，我們三個小的都是連放東西的地方都沒有的。但我們睡在榻榻米上，每個人都占據一條榻榻米縫，我把零錢、紙牌、彈珠，還有一小截用來防身的鋼筋，都藏在榻榻米之間的夾縫裡。有時候彈珠贏得多了，就不得不找一個罐子裝起來，藏在碗櫥底下，和各種醬瓜混在一起。

然而二姐是有抽屜的人，她甚至是個有書桌的人！雖然那只是一張很袖珍迷你的書桌。擁有抽屜與書桌的人，會在裡面藏些什麼寶貝呢？我忍不住好奇地想知道。

搜索二姐的抽屜，機會其實是很多的，她升學考試在即，每天都上課到天黑，而我才二年級，每天只上半天課。我有一整個半天可以翻查她的抽屜，不怕被她撞見。

日子終於來臨，這一天下午，父親出門去了，媽媽正在客廳裡忙著她的三毛錢一件的毛線衣加工，似乎沒有人會注意我的行動，我決定要趁機來好好檢視二姐的抽屜。

躡手躡腳進了榻榻米大房間，來到二姐的白色小書桌前，小書桌不但有著細柔木紋的觸感，更有一種木頭的香氣。我輕輕把抽屜打開，抽屜沉甸甸的，顯然內容豐富，但抽屜木工細膩，輕輕滑動就可打開，而且不出聲響。

先打開的是左邊抽屜，最先映入眼簾的，是一本乾乾淨淨、純白無瑕的《國語日報字典》（父親的書桌上還有另一本全家公用的大型辭典，早已經被翻得破爛不堪），字典底下則整整齊齊一疊疊放著舊課本和筆記本；旁邊則放著好幾枝削得近乎完美的鉛筆和橡皮擦，也排得整整齊齊，底下還有一把塑膠尺和一把圓規。前面空位整齊地排了四根黑色髮夾，和四根當時還很稀奇的迴紋針；一旁，有點突兀的，放了好幾顆不同種類的鈕扣。筆記本裡有的夾了剪報，大部分是一些報紙副刊的散文作品。舊課本裡則有幾頁夾著乾燥樹葉，有槭有楓，不知道是哪裡撿回來的。

再打開右邊抽屜，我心裡暗叫：「找到寶藏了。」因為那是一疊課外書，大部分是一本名叫《小學生》的過期雜誌，一共有六本之多，但也有一本單本的《德國童話故事》，和一本省教育廳編的《全國中學生徵文比賽得獎作品集》，另外還有兩本書法的字帖。在那樣匱乏窮苦的年代，這個抽屜算是豐富的藏書了。

我興味盎然地先拿《德國童話故事》來讀，第一篇就講到一個阿兵哥找到寶藏的故事，每一個寶庫之前都站了一隻大狗看守，狗愈大的庫房寶藏愈珍貴，我簡直被這個故事迷住了，無法釋手。我坐在桌前，一頁一頁地翻著，一個故事又一個故事地看著，時間一點一滴走過去，我聽見其他家人回來的聲音，但我仍然放不下書本來。終於，天快要黑了，我的書也看得差不多超過二分之一，我決定今天的冒險就到此為止，匆匆忙忙把書本收好，恢復原狀，把抽屜關起來，假裝沒事人一樣，跑到餐廳去了。

晚上二姐照樣天黑才回家，先吃晚飯，又洗碗收拾，我一直偷偷打量著她，看看有沒有什麼異狀。時間好像慢動作般緩緩移動，最後，二姐照往常坐下來在書桌前，打開她的抽屜，準備要讀書了。突然間，她好像觸電一樣呆坐在那裡，我的頭皮發麻起來，不敢抬頭，假裝認真做著功課。二姐慢慢回過身，站起來，走到我們三個小的做功課的矮几，她杏眼圓睜，氣鼓鼓地說：「你們哪個人動了我的抽屜？」

老實的二哥一臉茫然，弟弟也莫名所以，我心裡蹦蹦急跳，根本不敢正眼看她，「你們誰動了我的抽屜？」她連問了兩聲，也沒有要得到答案的意思，兩腳在地上狠狠一蹬，轉身啪啪啪又回去了。

第二天，我回到小書桌前，把抽屜打開，仔細端詳抽屜裡擺設的狀態，想找出被發現的原因。我記得我明明把所有的東西放回原來的位置，怎麼會被發現呢？我猜想可能是排得不夠整齊吧？二姐的東西太整齊了，每一條線都是筆直的，也許我應該記得這一點。這一次，我比較不貪心地讀了《德國童話故事》剩下的二分之一，就開始花力氣把書擺得和原來一模一樣……。

晚上，二姐打開抽屜，停了一下，轉頭看著我們，慢慢地說：「你們有人又動了我的抽屜。」這次口氣沒那麼凶了，但還是有點不高興的樣子。我則是感到困惑，她究竟是怎麼看出抽屜有人動過的呢？

13 二哥的大考——之一

二哥考初中的時候，家裡有一種如臨大敵的氣氛；大考常常有，但二哥的大考特別重要。

大哥求學不順，兩次考大學都不能考上讀得起的公立學校，為了幫助家計，他只好改讀有補助、有配給的軍校去了。兩個姐姐讀書讀得很好，二姐甚至是台灣中部中學聯考最高分的狀元，每天收音機裡的地方電台都有報導她的消息，參雜在一堆賣藥的節目當中；她還得跟著老師或者校長去接受各種贊助廠商的贈獎活動，學校拿到一些捐款，二姐則拿到一些鋼筆或字典的贈品，在小鎮上風光了好一陣子，雖然她自己對這些活動可不怎麼起勁。但二姐畢竟只是個女孩，在那個重男輕女的時代裡，她的豐功偉業有點不切合實際需要。祖母每次來，聽到孫女很會讀書的事情，沒有露出一絲高興的樣子，還睨著眼對父親說：「女孩子給她們唸那麼多書做什麼？以後要怎麼樣嫁出去？」

二哥從小安靜沉穩，又發育得早，小學六年級已經長得像個小大人，舉手投足也老成持重，沒有一般小孩的頑皮輕佻，老師們很喜歡他，對他有很高期待。父親和媽媽也很看重他，有點把他當做「重點栽培」的對象。那個時代，鄉下清寒家庭很難同時負擔幾個小孩的長期求學，「重點栽培」的策略是很普遍的，聰明會讀書的女孩子常常必須犧牲自己，留在家中養豬或者出外做工，把繼續求學的機會讓給家中的哥哥或弟弟。我們家裡雖然沒有人明說，但重點栽培的對象是二哥似乎是明顯的。

父親那時已經病重，家人都不知道他何時會突然「離開」。有一天我忽然在半夜裡醒來，昏沉沉不知道是幾點鐘，只看見客廳還有亮光，又聽到有大人哭泣低語的聲音。我不敢出聲，仔細偷聽部分談話，發現那是媽媽和三阿姨正在商量「父親走後」應有的安排。

「無采（可惜）伊兩個那麼會讀書……」媽媽哭著說，指的是我的兩個姐姐，如果父親離去，她們是再也不可能讀書了；媽媽說可以拜託鄰居蘇老師幫忙，讓她們去學校擔任工友，蘇老師很喜歡兩個姐姐，常常說長大要替她們做媒。

「兩個小的呢？」三阿姨問，指的是我和弟弟。

「一個交給你，一個交給第四的；我要拜託你們了，我已經無法度了。」媽媽又發出抽抽噎噎的哭聲。我聽到是關於自己的安排，耳朵更加尖起來，但媽媽的意思是把我過繼給三阿姨，因為山東籍的三姨丈最疼我；把弟弟過繼給四阿姨，因為弟弟活潑，很得四姨丈的喜歡；家裡養不起了，也許到了其他家庭，還有機會得到照顧。我知道這樣安排有它的道理，三姨丈、三阿姨也一定會對我很好，但我還是覺得傷心，覺得被媽媽遺棄了，我更希望被分配去當工友，沒有書讀也沒關係，起碼還留在家呀。

但我聽見媽媽的聲音一下子又變得堅毅：「一定要留下一個給他讀書，讓他有出脫。」全家人都將因為父親的離去而四處分散，只能保住其中一位的前途，作為振興門風的種子，而這位媽媽口中的「讀書種子」，就將會是二哥。

這位平日在學校循規蹈矩、成績很好的「讀書種子」，即將要面臨他生平第一次大考，他經不經得起考驗呢？家裡的大人和親戚、老師們都很關心，頻頻詢問準備的狀況。但以前兩個姐姐準備考試時，不但沒有人問起，我甚至也不記得有人陪考。

這一次，二哥要離開鄉下到附近大城台中應考，本來也可以由姐姐陪他，但病情沉重的父親突然說他要親自陪考，加倍顯示了一種鄭重其事的氣氛。考試前幾天，二哥臉色慘白，表情嚴肅，好像有點膽怯，他每天讀書讀到半夜，我和弟弟被警告不得喧嘩吵鬧，以免影響考生的心情。

考試的前一晚，媽媽準備了比較豐盛的晚餐，又單獨給二哥一個滷蛋，有一點加油打氣的意思。晚飯後，父親走到街上的藥房去打一筒針，確保第二天能有足夠的精神，照例由我陪著。打完針回來的路上，黑暗中的道路兩旁都是青蛙的叫聲，父親突然說：「你明天要不要一起去台中？去看看有個經驗，明年就輪到你考了。」

到台中？當然好，就算只是陪考，我都樂於離開這個每天千篇一律的鄉下，我想看到其他部分的世界，哪怕只是驚鴻一瞥。然而父親說要給我一點「經驗」這句話可能是錯了，我們已經被通知全國即將實施「九年國民教育」，明年開始我們沒有人需要通過考試，通通可以進入中學了。想到可以出門到台中，我還是順著父親的話回答說：「好。」

第二天一大早，我們就吃飽飯出門了。父親買了一張全票、兩張半票，我們趕上六點鐘開往台中的公路局巴士。車子裡擁擠不堪，擠滿前往考試的考生和陪考的家長，平日通勤於路上的農夫也還帶著雞籠擠在車子裡，不時飄來一些雞糞的味道。車上的每個學生都失去平日的活潑好動，變得神色凝重，面無血色，儘管已經擠得站不住，每個人手上也還捧著一本書，想要在最後時刻抓住一些水上的浮木。

鄰居的家長和父親打招呼，父親點頭回禮。鄰居隔著好幾個座位扯著嗓門說：「你這個囝仔會讀書，一定沒問題啦；不像阮這個憨囝仔只會玩，註定是來陪榜的啦。」父親笑笑，禮貌地說：「考試這種事，沒有一定的啦。」

到了考場，哥哥看到好些同學也都來了（來到城裡考試的同學並不多，很多學生衡量自己實力不足，早早就決定留在鄉下了），大家都分配在鄰近的教室，彼此都見得到。不知怎的，一向鎮定沉穩的二哥看到同學打招呼時表情僵硬，笑容勉強，臉色一直很不好，嗅得出緊張的味道。我坐在樹蔭下東張西望，反正沒有我的事，我也無需太緊張，考試氣氛也不會感染我，因為我明年無需考試，我早就決定一本書也不要讀了。

一堂考試下來，出了考場的二哥，臉色舒緩下來，好像是比較進入狀況，也開始和同學有說有笑了。第二堂考試鈴響，考生再度進場，我就開始覺得有點無聊了；父親在樹下鋪了一塊手帕，坐在上頭仔細讀著報紙，我在旁邊轉來轉去，看看其他陪考者各種千奇百怪的零食，觀察各家陪考者昏睡的神情。時間慢慢接近中午，太陽變得毒烈起來，但考場安靜無聲，只有夏蟬在樹蔭裡發出氣息悠長的吵人鳴叫，讓人胸口悶得快要吐出來……。

14 二哥的大考——之二

時間漸漸接近中午，能遮蔽的樹蔭變得愈來愈小，溫度卻變得炙熱難耐，陪考的人群無聲搖著愈來愈熱的扇子，安靜卻焦躁的空氣讓人感到窒息，時間也好像愈走愈慢，甚至像是暫停一般，汗珠不斷從我的臉頰流到脖子，溼溼黏黏，很不舒服。

但已經有人影從第二堂考試的教室裡走出來，那是比較早交卷的考生，樹蔭下等待的人群開始有了一點騷動，大家紛紛站了起來，伸長脖子想看看是不是自己的小孩。不久後，鈴聲響了，第二堂考試結束了，大批學生從考場裡走出來，整個校園就變得鬧哄哄、滿是鼎沸的人聲了。

二哥從考場裡走出來，找到了我們。父親問說考得怎麼樣，二哥支支吾吾，猶豫找不到適切的話語，好像有點不太確定，他覺得應該考得還不錯，又有好幾個題目他不確定是不是那麼樣作答。父親也不評論，只點點頭說：「嗯。」

然後他的眼光飄向遠方，好像搜索什麼，說：「走，我們去吃飯。」

走出了考場校園，只見附近街頭全是人頭，全都是帶著應考小孩的人群。有的考生全家人都來陪考，老祖母、父母親再加上兄弟姐妹，大大小小八、九個人，陣勢驚人，考生也不難認，小孩當中那位兩眼無神、臉色慘白的一定就是來應考的吧。

我們走近一家父親知道的小吃攤，攤子上黑壓壓擠滿了人，座無虛席不說，每張桌子旁邊也都站滿了等著要搶先坐下的等候者；座位上沸騰著吃飯的氣氛，每個人都像搶飯吃一樣，侍者則端著飯湯大聲吆喝著，要大家小心被燙到什麼的，快速地在枱子之間穿梭。

父親看了看手錶，皺起眉頭，又帶著我們走往另一家。另一家情況也是一樣，看起來都要等上一段時間。一連幾家都是這樣，父親又看了看錶，眉頭皺得更深了。最後，他像是下了重大決定，說：「來，我知道一個地方。」

他大步走向市區中心的大馬路，我和二哥急急忙忙在後面追趕。我一面加緊腳步，心裡暗暗有點著急，因為大街上都是商店，並沒有吃飯的飯攤或麵攤，不知道父親究竟要往哪裡去，而且再走下去，離考場就遠了，下一堂考試的時間就緊張了。

我們來到火車站前一條最熱鬧的大街上，離最新、最熱鬧的百貨公司不太遠，父親走向一家富麗堂皇的餐廳，門上一塊木頭招牌，紅底金字，蒼勁有力的書法寫了三個大字：「沁園春」。

父親推開木門，我立刻感覺到一股冷氣涼風吹拂在我臉上，夏日流汗的溼黏衣服也彷彿有一種輕風穿過，覺得通體清涼舒暢。那是一家台中市最高級的餐廳，我從來不敢想像可以踏進這樣的餐廳，感到又興奮又害怕，興奮的是不知道可以吃到什麼樣高級的料理，害怕的是拿出來的帳單不知道將要如何傷害我們的家庭經濟，母親的眉頭一定會皺得更緊更密了。

我們被女服務生領到屏風之後幽靜的一張桌子，父親向服務生說：「我們趕時間，你們有什麼快的東西？」

服務生說：「麵和飯都很快。」

父親點了三份排骨麵，服務生留下冰得清涼的毛巾旋即離去，我們用充滿檸檬芳香的毛巾擦拭臉和雙手，冰涼溼潤的觸感讓我感到神清氣爽，暑氣全消。我抬起頭來瞧瞧餐廳周圍，餐廳布置雅致，牆上有很多字畫，餐廳裡也很多人，但並不顯得嘈雜。餐廳客人大部分都是外省人模樣，他們的桌上有許多飯菜和杯盤，很多菜餚都是我不曾看過的東西，就連桌上的酒瓶也是我不曾見過的酒。家裡拜拜或請客，我只知道黃酒和紅露酒，而煮飯做菜用的則是米酒，雖然村子裡的麵攤上，很多客人也是直接拿米酒來喝的。

很快的，服務生拿著大托盤進來，托盤裡端出三隻白瓷大碗，一碗一碗輕輕放在我們面前。白瓷湯碗裡是微微冒著煙的一碗排骨麵，我從來沒有看過這麼典雅細緻的麵，很多年後我才知道這就是江浙式的麵點。麵湯是清澈的，帶著淡淡的醬油色，湯上浮著細細的綠白蔥花；麵條又細又白，整整齊齊像用梳子梳過了一樣；白麵條上擺著一塊色深肉厚的排骨，它沒有裹麵漿，透過暗紅的醬油色我可以看見豬肉的肌理；排骨肉旁擺了幾片翠綠的青江菜葉。這是一碗我從未見過的高級排骨麵。

滋味？滋味當然是一種我從不可以想像的美味。那塊排骨肉又大又厚，一口咬下有一種結實的對抗感，肉本身也醃漬得很入味，炸過再浸入湯汁後加倍顯得滋潤；麵湯清爽幽甜，但滋味的豐富醇厚和它湯色的淡雅透明不成比例；最讓我驚奇的是它的麵條，在此之前我只吃過台灣人鹼水油麵，不然就是號稱山東麵條的外省寬白麵條，我從沒見過這種細如麵線的白麵，卻又有著比麵線更清楚而柔軟的口感。

我沉醉在意外得來的美味當中，一口一口嚙咬著滿溢肉香的排骨肉，又一湯匙一湯匙吸吮著麵湯。一抬頭，卻看見哥哥停下筷子，苦著臉發呆；趁著父親去櫃台買單，我踢踢二哥的腳，問：「怎麼了？」

「剛才有一題寫錯了，現在才想起來……。」

他大概是無心享受那碗麵的滋味了，父親付了帳回來坐在桌旁抽菸，我看二哥沒有胃口也沒有心情吃完他的麵，徵得他同意後就把他的整碗麵端過來，唏里呼嚕又吃完了。

下午回到考場，我一直在回味那碗異鄉風情的排骨麵。下午考試只有一堂，或者是日頭不再那麼赤炎，陪考者很多鋪了報紙臥在樹下睡午覺；我覺得還來不及把排骨麵回味完畢，忽然考試就考完了。二哥臉色慘白、嘴唇無色，像鬼魅一樣無聲走近我們，輕聲說：「今天的考完了。」

父親點點頭，也沒說話，就帶著我們去搭乘公路局巴士了。

一路上三個人都沒有說話，父親抽著菸不知道在想些什麼，二哥大概是在回想考試題目以及正確的解答，我還在懷念中午「沁園春」那碗淡雅美味的麵，更試著想像它的其他菜餚的滋味，我心裡對自己說：「等長大了，有了錢，我一定要再回去吃它的排骨麵。」

世事難料，家裡的「讀書種子」二哥考試失常，只考到「第二志願」的學校，以他的成績和實力是委屈了。考高中時，二哥恢復實力，輕鬆考上「第一志願」；但到了考大學時，他又失常考壞了，重考了一年才上了好大學。既然二哥考試會失常失利，似乎就不適合擔任「重點栽培對象」（投資不再擔保有好回報），家裡這件事從此就不提了。

而等我「長大、有錢」再回到「沁園春」，那已經是三十年後，那時的我已經江湖跑老，見過若干場面。點菜的時候，我的興奮之情突然變了調，我開始擔心童年的美好記憶會完全破滅，眼前這家有點陳舊過時的室內陳設已經不能再稱為「富麗堂皇」。我也沒有再去點那碗排骨麵，因為這樣點恐怕已經變得寒酸了。我點了蔥烤鯽魚、爛糊肉絲、油爆蝦、醃篤鮮等一桌子正宗古早味的江浙菜，我看著服務生粗手粗腳端著碗準備來上菜時，心裡充滿恐懼，真想奪門而去……。

15 父親的水晶——之一

「你爸爸的東西，還有家裡一些老東西，看你要不要？」媽媽在電話那頭泫然欲泣，說：「不然，就都要當垃圾丟了。沒法度，沒有地方可以放了。」

父親過世不久，我們先是忙了一陣子喪事，然後才開始計畫安排未來的生活。首先，媽媽一個人住在鄉下看起來是不合理了。房子本來也就是租的，算不上什麼老家，離開不足惜。父親還在時，和媽媽兩個人在租來的房子生活，加上大哥大嫂就在隔一條街的鄰近，覺得還放心，現在媽媽可是孤伶伶一個人了。兄弟姐妹們商量，決定把媽媽帶到新竹和二姐一起住；二姐可以照顧媽媽，媽媽也幫得上忙碌的職業婦女二姐，家裡還有最能讓老人家開心的小孩，這樣安排最好了。

然而要搬離住了二十年的住處，老家原來的那些東西要放到哪裡去？兄弟姐妹大都已經成家，雖然都幸而居有屋，但哪個人家裡不是一大堆雜七雜八的東西，怎麼找得出空位呢？媽媽大概已經知道這個命運，想到我是比較愛舊東西的人，打了電話來問我要不要收留一些家裡的舊東西。

家裡有很多老東西是我很喜歡的，譬如那台年紀比我還大的老留聲機兼收音機。橘紅色典雅的木頭盒子，精細的鏤空木工，鏤空處飾有紗網，後面的喇叭仍然播得出真空管溫暖音色的美聲。木盒正面的中央高處，有細細一條黑白紅三色的賽璐珞面版，數字標示的是收音機的頻率，左右兩個旋鈕，一個控制音量，一個尋找頻道。盒子上方蓋子掀開來，就是當年剛剛推出的第一代三十三又三分之一轉黑膠唱片唱盤，細細的唱臂優雅地在唱頭處轉個彎，只要用手指頭輕輕托起，唱盤轉動時，你幾乎可以不費力地放下唱頭，它也好像滑翔翼一樣輕輕降落，歌聲也就隨著悠揚響起了。

這部留聲機唱盤兼收音機買來時，據說是我們基隆老家那條街上的第一部，鄰居沒聽過這麼美妙的樂音，常常擠在我們二樓住家的樓梯口，想要多聽聽它神奇美麗的聲音，有時候還央求媽媽再多延長一些播送的時間；但我不曾見識那個盛大的場面，那個時候我還沒出生呢。

木盒留聲機也伴隨家中每個小孩長大，包括我自己。對我來說，社會上重大事件就是經由收音機的播放而得知的。所謂的「重大事件」，可能指的颱風要來的新聞，或者是重大的籃球賽事轉播，甚至可以是大姐關切的某次省交響樂團公演的轉播。最嚴重的事件，當然就是各種考試的「放榜」了；一個又一個陌生的名字被播音員以平穩速度的標準國語唱讀出來，全家人聚精會神豎耳傾聽（其他幾十萬個家庭也一樣），生怕錯過了的一個名字就是和自己有關的。

收音機也提供了我們大部分的娛樂，有時候我聽「白銀阿姨講故事」，聽她講《一千零一夜》的故事，一天又一天，一個故事過後還有一個故事，彷彿永無止境。我們也愛聽各種國語的或台語的「廣播劇」，依音調的起伏而進入了各種情緒。「嗄，什麼？十萬元？十萬元？我要去哪裡找到這十萬元呢？」劇中人哭喊著，我們的心也糾結起來。一場戲劇隱藏一種人生，我們所有悲歡離合經驗彷彿都從它而來；要不然，我們自己的生活實在是太簡單平凡了。

唱盤帶來的則是各形各色的音樂接觸，父親還藏有許多早期的日語唱片，曲目包括了現在已經不容易聽到的〈台中州進行曲〉；比較新的流行曲則有文夏、陳芬蘭和洪一峰；家裡也開始聽起國語流行歌曲，唱片也因而有了周旋、白光、葛蘭等人的身影，而我第一次和姐姐去唱片行買唱片，買的正是夏台鳳剛剛出道的唱片〈泥娃娃〉。

姐姐後來到大城讀書，開始帶回來古典音樂唱片，我們跟著聽貝多芬、布拉姆斯和柴可夫斯基，沉迷在新發現的音樂世界中。有時候，在假日的早上，在陽光遍灑室內的時候，我把布拉姆斯的〈D大調小提琴協奏曲〉放進唱盤中，黑膠唱片一圈圈跳起旋轉舞步，唱頭溫柔地降落登陸，樂音響起，我站在客廳中央，閉上眼睛，讓交響樂團時強時弱的一波波樂音把我包圍。我揮舞著雙手，想像自己置身歐洲的音樂廳之中，指揮著一個看不見的樂團，但我立刻明白自己只是一個無處可去的鄉下小孩，一種悲愴襲來，我奮力在簿本裡寫下零碎的詩句：「放一群鴿子飛出去，飛到我想去而去不成的歐洲。」我已經來到多愁善感的青少年時期了……。

是呀，這座木盒子留聲機曾經如此地伴隨過我已然消失的青春時光，多麼像是凝固舊時記憶的一座相框。如果沒有其他人要，我在電話裡和母親說，我願意保有它。

我想要的還有其他充滿家中記憶的東西，我又說：「還有家裡那座老掛鐘，還有家裡那張紅色圓餐桌和那些圓凳子，還有那些唱片，還有那隻木頭碗櫥和那些老粗碗……，如果沒有人要，通通留給我好了。」

老掛鐘是外祖母留給媽媽的遺物，原木色的面板鑲了黑色木框，上面是大號數字的鐘面，下端玻璃窗可看見左右擺動的黃銅製鐘擺，上緊發條後，走起來很有精神的滴答滴答，每半小時會敲鐘一次，發出噹噹噹輕脆的聲響。掛鐘雖然年事已高，但所有零件機械都還保養得很好，除了會愈走愈快，將軍趕路一般，沒有其他問題。它的鐘響幾乎不分晝夜地陪伴了我們有記憶的所有時光，我怎麼捨得放棄呢？

紅色的圓餐桌和伴隨它的十二隻板凳，是媽媽的嫁妝。那個年代，誰家都有一張紅色的圓餐桌，但我還沒看過有誰家的餐桌好過媽媽的這一張。上好的木頭，重量就比一般餐桌沉得多，搬動的時候就感覺到它的厚實，連凳子都比別人重了許多；漆色也與眾不同，雖然也是暗紅色，但又透著一種艷彩，已經幾十年了，擦乾淨時還會閃閃發亮，好像新的一樣。

唱片指的是父親留下來的日本唱片；碗櫥也是用了幾十年的木製品，有紗窗拉門那種，現在沒得見了；粗碗也是外祖母時代留下來的。

「拉嘰歐已經不在了。」拉嘰歐是Radio的日文發音，媽媽的意思是那座留聲機兼收音機已經不在了。

「為什麼？」像是晴天霹靂，我驚訝得說不出話來。

「你哥哥說要換音響，那隻拉嘰歐太舊了，就把它丟了。」媽媽在電話那一頭說，她好像沒有感覺到損失，也許她覺得新東西比較好。

「那是什麼時候的事情？」

「恐怕已經半年了。」

我感覺焦急起來，在我沒有回家的時候，家裡並不是靜止等待的，它本身也是變動不居的，舊東西會消失，記憶將不存。我急忙跟母親說：「星期天我就回來整理家裡的舊東西，我也會整理爸爸的東西，在我沒回來以前，你先不要丟任何東西……。」

16 父親的水晶——之二

到了週末，我依約驅車趕回鄉下老家。進到家裡，客廳和房間已經都是四壁空蕩蕩的淒涼模樣，空氣中瀰漫著翻動舊衣櫥特有的霉味，臥房裸露出床架，衣櫃的位置也空了，留下牆壁上一個灰塵框住的空白，只有廚房和餐廳還有一點「繼續營運」的人煙跡象，媽媽顯然是已經打包多時了。東西收拾過，大件家具綑起來，雜物則裝入紙箱，東一堆西一堆散放在客廳和房內的中央。

媽媽看我回來，也不多說，指著客廳一個角落說：「那些是幫你留下來的東西。看看你還有沒有要些其他的？」

我順著手指的方向看過去，看得出角落裡有一個最大件的圓形物體，用舊衣物綑包成一團，那應該就是家裡那張古董紅桌的圓桌面了，它的十字型腳架已經收起來，另外綑成一包。旁邊一個正方體，也用衣物包起來，應該是家裡那個雙層紗門的碗櫥。地上一個小長方形物體，也用布包著，看大小應該是家裡的祖母掛鐘。旁邊還置放了一些包裝好的東西，加上幾隻零星的紙箱，看不出裝了什麼東西。

「爸爸的東西呢？」我問。

媽媽領我走到通往廚房的走道，走道牆邊零亂放了些東西。媽媽說：「我還沒收拾，也不知道你要些什麼。」

地上一隻紙箱，媽媽從裡面一撈，拿出父親的西裝和皮鞋：「伊的西裝和皮鞋你要嗎？」

西裝當然是太舊式了，也沒有人穿這種的樣式了，我拿起來在身上比一比，說：「太小了，我穿不下，也許留給大哥吧？」皮鞋我也試了試，一樣是穿不下。旁邊還有兩雙進出礦坑用的雙趾膠鞋，也是沒法用了。

「比較好的那一套衣服和皮鞋，給他自己穿去了。」媽媽說，我也想起來入殮時父親的打扮，那是他生前盛裝時最常穿的灰西裝，還有他每天擦了又擦，永遠亮晶晶，穿了超過三十年的一雙暗紅棕色皮鞋。父親有一套保養鞋子的道理，他曾經說，修鞋、換底要在基隆，因為港口地方特別潮濕，修鞋匠用的縫線比較耐潮，在其他地方修的鞋，穿到了潮濕地方，縫線很容易就爛掉了。

「但我留下了這個。」媽媽拿出父親玳瑁鏡框的老花眼鏡，作勢戴上，表示她還要繼續使用；那個匱乏年代的思想，是不會丟棄任何還有利用價值的東西，沒有合不合用的問題。我有一次在曼谷逛跳蚤市場地攤，看到地上賣舊貨的，除了各種老花眼鏡以外，還有大量全副和半副的假牙，但誰會買別人的假牙放進自己的口腔之中？

「你不怕他在陰間看報紙找不到眼鏡？」我想起舅舅曾經夢見外祖母向他討假牙的故事，衝口想說出，臨時又煞住了車。

媽媽雙手又一邊一樣拿起東西：「你爸爸的手杖和草帽。」

「這個我喜歡。」我很高興地拿起來把玩。那是父親在礦場裡用的手杖，握柄是個不鏽鋼的小尖嘴鋤，下端是摩挲得發出光澤的深色硬木，杖頭則包了鐵。我曾經在多張照片裡看到父親扶著手杖站立或行走山路的模樣，但不曾看見父親在家裡用它。我有幾次和父親一起進入山區，他也只是在路上撿一根竹子或樹枝當作手杖，並沒有用他的專用手杖；事實上，這隻手杖是父親過世前幾年，才由一位礦場的老工人幫他帶回家的。

草帽也是我喜歡的，那是和巴拿馬草帽造型相似的大甲草帽，用藺草編成的西式帽子，父親年輕時候身著西裝，頭頂西式草帽的模樣是我熟悉的。

「還有這些書和簿子。」媽媽又搬出一些發黃的簿子和書本。一本厚書是日文的《化工辭典》，那是姐姐從圖書館借來給他的書，不曉得遲了多少年沒還了；另一本是日文的《橋樑工程》，書名頁裡簽了父親的名字，寫著「礦冶科二級生詹旺」幾個字，可見那是日據時代父親在台北技術學校讀書時用的課本了，歷史超過五十年，不知什麼緣故流傳了下來。我打開書本，看見許多書邊寫了筆記和算式，依稀還可想像一個年輕用功的影子。

然後是一些老式的筆記本，很多是礦場的帳本，有一本最有趣，裡面畫了許多坑道設計的草圖；有幾頁突然變成英文，仔細一讀，發現是寫給「美援會」的求助信草稿，請求資助一個礦場可用的二手「幫浦」（pump）。父親沒有學過英文，那大概是通過別人的指點，嘗試用拙劣幼稚的英文完成一封信，有好幾個句子有反覆修改的痕跡。戰後物資缺乏，工業用具也極難取得，為了讓礦場能夠繼續運作，父親不得不向美援會求助，而美援會的審核者也許包含了美國人，申請書信不得不用英文，父親只好在筆記本裡反覆練習。

這封信究竟寄出沒有？他期盼得到的「幫浦」終究到手沒有？我無從知道，父親也無從讓我探問了。但筆記本裡與陌生語文的奮鬥痕跡，側寫了台灣某一個時代人民的生活故事，筆記本無論如何是該留下來的。

媽媽和我兩人一邊翻撿父親的遺物，一面嗟嘆人事已非，偶爾也出現一些對逝者的懷念或疑問。最後，我整理了一大箱父親的遺物，連同家裡的舊東西，包括餐桌、碗櫥、掛鐘等，滿滿一車載回台北。

幾天之後，受到電擊一般，我突然想起另外一些要緊的東西，急急忙忙打電話給媽媽：「爸爸那些水晶礦石呢？」

父親長年以開採煤礦為正業，但有時候也為別人探勘，尋找礦苗，足跡幾乎遍及台灣各地山區。我幾次和他一起入山，發現他和每個山區林班（伐木的工作組織）都熟，每個山區部落也都有熟識的原住民朋友。探勘礦苗時常常會帶回各式各樣的礦石樣本（也就是所謂的「露頭」），父親對這些礦石好像也不以為意，大部分就放在他礦場的辦公室裡，有些稀奇好玩的，他才帶回家，平日就隨意堆放在客廳書桌旁和廚房碗櫥旁的地上。

礦石有大有小，有鐵礦石、黑色雲母，還有墨綠色的輝石。但最多的是石英，白色的石頭上長出透明的水晶，一根根的結晶構造，好像寶石巨柱一樣，令人看了喜歡。有的水晶是黃色的，也有粉紅色和紫色的，還有些是不透明的乳石英。有一塊黑色大石，大約有五十公分高，切開的石頭內心，是一根一根靄靄發光的紫色結晶，漂亮極了。後來我有機會在礦石店裡或自然博物館裡看到各種石英礦石，我很少再看到這麼巨大而美麗的樣本。

「咦，沒看見啊。」媽媽在電話那頭說：「我收拾東西的時候，也沒有看見那些石頭，不知道都到哪裡去了？」

媽媽想了又想：「已經很久沒看到了，好像不是現在才不見的。」

所以那些寶物是不見了。我心裡惋惜著，後來我在自然博物館裡一面看著礦石收藏，一面和長大的小孩描述那些美麗的礦石，小孩聳聳肩，一副「那又怎樣」的意味，我只好喃喃地說：「因為你沒有看到它們有多漂亮……。」

17 持子之手——之一

悠然醒轉時，耳朵已經清亮，可以聽見遠方菜販叫賣的聲音，眼睛還沒有完全睜開，意識有點矇矓，我可以感覺到臉上和頸上的皮膚有點溫度，陽光已經灑滿榻榻米房間，曬得棉被暖烘烘的，還泛出一種像乾稻草一樣的氣味。

但讓我感到困惑的，是房間之外傳來的嘈雜音，帶著一種興奮雀躍的情緒；我轉頭看旁邊，看見弟弟緊咬著下唇，還沉沉地睡著，一切並無異樣。很快地，我就從聲音當中聽出端倪，原來昨天深夜裡回來的父親一早帶著兩個姐姐和二哥出門去散步，他們顯然一起到了某處豆漿攤子去吃了新奇的東西，哥哥姐姐們回來還興奮地談著豆漿與米漿的滋味，以及剛剛出爐的油條與我們平日買回來的冷油條有多麼地不同。

等我明白了這一切，我突然發現我錯過了一場盛會，平靜、平淡、平凡家庭罕有的外食活動，以及那種我們平日渴望的與日常生活不同的不尋常性，竟然就發生在我睡夢之中，我竟然在一無所知的狀況下，讓一件不尋常的事溜走了。我充滿了悔恨與不公平感，我向父親半是請求、半是抗議地說：「我也要去。我也要早上跟你去散步。」

父親停下來，帶著一種神祕的微笑意味深長地看著我，也許只有五秒鐘，但那也像是一個世紀那麼長。父親很少在家，我們都覺得他份量很重，從來不敢向他請求什麼，其實我一開口就已經後悔了。但父親只是靜靜地說：「如果你早上起得來，我就帶你去。」

我不是一個愛睡懶覺或喜歡賴床的人，我平時並不是起得很遲，即使是錯過幸運活動的這一天，我也不過是七點鐘起的床，只比平日晚一點，而哥哥姐姐他們也才剛回到家，意味著父親帶他們出去也許不過是六點鐘，我完全有能力可以趕上這個時間。

那個晚上，我帶著一種警覺性上床，那是家裡還沒有鬧鐘的年代，唯一能做的事是拴緊內心某一個看不見的發條，期望它在預定的時間可以叫醒你。正當我覺得忽睡忽醒，昏昏沉沉，內心突然一驚，我跳起來，窗外的天色已經微亮了，我爬出蚊帳看鐘，還差一分鐘就是六點整，時間和我內心的設定完全相同。我火速披衣起床，衝到廚房，看見在昏黃燈光下燒飯的母親，我急急地問：「阿爸呢？」媽媽看我一眼：「出去散步了。」我急得快哭出來：「走多久了？」廚房的爐火噼哩啪啦地響著，照映著媽媽額頭上的汗水，她好像無視於我的焦急：「大概十幾分鐘有了吧。」

我跑出門外，看到整條街空空蕩蕩，杳無一人，根本看不出父親出門的方向；衝回到房裡，確定哥哥姐姐他們都還在睡，可見父親是一個人獨自出門的。我坐在窗前，看著天上雲彩流動，心中充滿懊悔，為什麼我沒有再早一點起床呢？父親又為什麼不肯叫我一聲或等我一下呢？

到了七點鐘，父親散步回來了，家中其他人也紛紛忙起來了，準備上學的都在吱吱喳喳地慌亂著。我還沒上學，這一切忙碌與我無關，我只能在一邊旁觀著。父親並沒有和我說些什麼，偶爾眼神與我相會，也只是微微一笑。一直到哥哥姐姐們全出門了，父親才轉頭輕聲對我說：「明天要早一點呀。」

到了夜裡，我咬著牙像是發誓一樣，把內心發條上得更緊了，「明天我一定要天不亮就起床。」夜裡可能也睡得不是很安穩，不斷做著又快又急的夢，夢裡頭情節支離破碎，又不斷有各種背景聲響，最後一個夢有著雞啼的聲音，我內心突然像是門打開一樣，覺得這不是夢境，我立刻醒坐起來，果然那是鄰居公雞的啼聲，天色完全是黑暗的，只聽見廚房有微微的聲響，媽媽應該是起來了。

我走到廚房，看見母親正在升火，一陣煙撲在她臉上，我走過去問：「阿爸起來了嗎？」媽媽回頭看見我：「起得這麼早？」停了一下又想起我的問題：「你阿爸出去了，他今天比較早。」

我不敢置信地回到客廳，看著掛鐘明白指著五點半不到，天光還像深夜一樣是深墨色，只有東方微微有點淺藍的顏色。我有點洩氣地坐在椅子上，父親還是比我更早，而且也無意等我，儘管我已經比所有的小孩都早起了。

父親回來也一樣沒看我一眼，整個白天他都出門辦事，我根本不知道這個約定是否還有效，而且，也許父親一出門就是回到深山的礦場，再回來可能已經是一個月以後。當天晚上父親出現在餐桌上時，也許是他看穿了我期待的眼神，輕輕拋過來一句：「明天要再早一點呀。」

夜裡我在床上翻來覆去，一直想要找到一個可以更早醒來的辦法，但睡眠是多麼難以掌握的一件事，它似乎有自己的意志，睡眠控制著我，而不是我掌握了睡眠，只要一入睡，你永遠不知道睡眠何時才會釋放你。我想著這件事，內心覺得有點哀傷，我們能夠控制的事何其稀少，控制我們的力量又何其之多。而那些比較有控制力的大人，他們是如何做到的？

我好像昏昏沉沉睡去，又好像在睡夢海洋上漂流，載浮載沉。突然間，我又完全驚醒了，四周都是黑暗包圍，也都是沉睡的氣息，沒有一絲要天亮的意味，我不能確定這是十二點，還是早上兩點，或者任何其他時間。但此刻我的耳朵似乎無比清明，我幾乎可以聽見客廳掛鐘鐘擺搖晃的滴答聲，我甚至覺得自己聽見隔壁雞籠裡公雞梳理羽毛的窸窣聲。最後，我聽見客廳的掛鐘敲起鐘來，噹—噹—噹—噹，敲了清脆的四響，所以這是早上四點了。

我在被窩裡保持躺臥的姿勢，覺得內心無比清醒，我決定用這樣的狀態等待天亮的來臨。沒多久，我聽見父母親的房裡有聲響，然後我聽見一個人的腳步聲，這個腳步聲較為沉重，所以應該是父親的腳步聲了。我聽見腳步聲走往浴室，然後我聽見馬桶沖水的聲音，然後我又聽見漱口的刷牙聲。

我偷偷在被窩裡套好衣服，輕巧地滑出被窩，我躡著腳走向浴室，等在門外。不一會兒，裡面的水聲停了，父親穿著睡衣走出浴室，我站在他面前，有點怯怯地說：「爸，我好了，我們可以走了嗎？」

父親似乎不感到驚訝，他笑了笑說：「現在還早，我們可能要再等一下。」

我坐在客廳等待，父親回房去，房間裡又安靜了。不久後，媽媽倒是先出房來了，她的頭髮已經梳好，衣服也穿整齊了，她看見我，笑了笑說：「今天起得這麼早？」然後就往廚房去了。

再過一會兒，父親也裝扮完畢，他穿著白色襯衫、灰色西裝褲，外面加上一件繡有「台灣電力公司」字樣的藍夾克，腳上是他那雙每天擦得亮晶晶的皮鞋，手上還拿著他的登山拐杖。他似乎心情很好，帶著笑容，也不多說，看了我一眼，就往門外走去，我趕緊起身跟向前去。

出門之後，父親往左邊走去。我們家門前就橫亙著繁忙的省道，如果向右走，我們就會經過郵局，還有郵局隔壁的包子店，再向下走就會到達市場，但我還太小，從來還沒有被允許去到那麼遠的地方；如果向左走，不久之後就是這一排有著騎樓房子的盡頭，我們就會走到兩旁都是田地的路上，再過去，那是哥哥姐姐上學的七堵國民小學，那也是我尚未被允許前往的地方；再過去，那是我從未能想像的世界了……。

18 持子之手——之二

父親和我兩人往遠處走去，街道盡頭就是農田了。

我們走在鋪著細砂石的人行道上，中央則是鋪有瀝青的車道，偶爾有載運貨物的卡車呼嘯而過，掀起一小陣旋風塵沙，小石頭則在我們腳下發出輕微的滾動摩擦聲。道路兩旁放眼看去都是一片片種植稻米的農田，道路與田地之間有小小的灌溉溝渠，清澈的流水不斷淅瀝淅瀝地響著，與尚未平息的蟲鳴聲相互應和。遠方天上才剛露出一點亮光，天色還是深沉的藍黑色，空氣冷冽，撲面有微微的刺痛，路邊的野草上仍然可以看見白色粉末般的結霜。

我瑟縮著脖子，有點感到寒冷，但又害怕趕不上父親的腳步，不敢流連周圍的景致，只能勉力大跨步前行。兩人默默走了好長一段路，父親看我縮著身子，問了一句：「會冷嗎？」

我急忙搖頭，卻又猛然打了一個寒顫，好像招供了自己的言不由衷。父親伸過來一隻大手掌，在我右肩上揉搓著，又像是嘉許的鼓勵，又像是取暖的按摩。我一方面不能確定他的用意，同時又覺得有點不能消受他的力氣，再走了幾步路之後，我悄悄把肩膀放低，輕輕技巧地滑出他的掌握，然後退後一步跟在他背後。父親也沒特別的反應，也不知道他發現了沒有。

父親的路線是固定的還是隨興的？我也不得而知。我們走了一段馬路邊上，後來又轉進田裡無鋪設的小土路，最後又走進一個樹林茂盛的山坡地。父親拄著登山杖，健步走在前方，此刻的我才五歲，從未走過這麼遙遠和這麼變化的路途，我已經覺得腰間和小腹都有點疼痛了。在山坡一個轉彎空曠處，父親停了下來，指著樹下一塊大石說：「累了嗎？坐下來休息。」

那是山地轉彎一處視野開闊的地方，可以看見遠方的稻田和街道。父親額頭也有汗水，他掏出一條毛巾來擦拭，一面還揮動手臂，好像希望舒活更多的筋骨。我坐在石塊上喘著氣，一面覺得胸口的悶氣逐漸舒緩，一面發現空氣已經不再刺冷，天色已經大亮，太陽也不知何時已經在遠方地平線上冒出頭了。

父親興趣盎然地打量著我，好像想著什麼事，我對自己的體力不繼感到有點羞慚，但父親突然說：「下山吧，我帶你去吃豆漿。」

我們沿著原路下山，好像換了一條小路穿過田地，我不太能確定那是不是原來的路，天已經亮了，景觀也都好像換了一副顏色，田地裡也有了更多生機，我可以看見農舍旁有雞隻走來走去，我也看見田邊的野草開出了紫色的小花，也有一些蜻蜓在圳溝上盤旋飛舞。

父親領著我走回到鋪著柏油的大馬路，走不多遠，我看見前面遠方有炊煙，路面一個鐵皮屋正騰騰冒著熱氣和火光。走近一點，就聽見人聲鼎沸，那是一家正在供應早餐的豆漿店。站在大鍋豆漿後方是一位老太太，她熟識般地和父親點點頭，道了一聲：「早啊！」轉頭又看了我一眼，說：「這是恁家後生？」

旁邊另有一個油鍋，一位臉上布滿皺紋的老先生正在炸油條。他面無表情地把兩條細小的麵條疊在一起，用筷子在中央壓出一條溝槽，輕巧地用手一旋，麵條轉成美麗的扭曲線條，就下了油鍋，油條立刻像灌了氣一樣膨脹起來。父親帶著我找一個位子坐下來，向老太太吩咐道：「兩碗豆漿，一碗加個蛋；來一根油條和一張豆標。」

加蛋的豆漿是給我的，我從來沒有喝過豆漿，它的熱燙甜美、香醇滑口，讓我感到又驚奇又滿足。豆標也是為我點的，我也從未吃過，那是一種今日已很少看見的餅類，中間充滿空氣，不加油在爐上烘製，有一種乾爽香甜的麵餅滋味。我津津有味地嚼著麵餅，啜飲著燙口的豆漿，心中充滿了幸福，內心也相信這位讓我敬畏不敢靠近的父親應該是疼愛我的。

那是童年僅有的一次機會和父親清晨外出散步，這也是我有記憶以來，父親以一個英挺健康的成人姿態出現。沒多久，父親就重病纏身，我每日所見的父親就是另一種衰老病倦的模樣；也沒多久，我們就搬離了北邊的海港城市，去到景觀完全不同的中部山城。而我自己，成長的孤獨吞沒了我，我有自己少年無法言詮的苦惱，我不再渴望來自父親或母親的關愛，而是更焦慮於同輩朋友的認同與接納。

可是，幼童時代某一個早上，和父親在田野之間一段同行的時光，父親放在我肩上充滿力道的大手，還有那香醇甜美的第一次豆漿滋味，卻總是在我心中。而我也有一個揮之不去的疑惑，父親真的是每日那麼早起，每天讓我撲個空？還是那是當時特別為我設計的一個考驗？我也始終沒有答案。隨著父親的過世，這個謎題是永遠不能解答了。

這個畫面已經許久不曾出現在我腦中，可是最近讀的一本書卻又把我帶回那一個回憶裡。

那是大學問家喬治・史坦納（George Steiner, 1929-）的自傳《勘誤表：審視後的生命》（Errata: An Examined Life, 1997）。我本來就是史坦納的書迷，他的自傳英文版我也早早就買了，不知什麼緣故始終沒有打開來讀。去年年底無意中發現這本書竟有中譯本（台灣行人出版社，2007），這恐怕是史坦納罕有的中文出版品吧？我能想到另一本中譯可能是他的"Lessons of the Masters"（2003，中文譯做《大師與門徒》，是台灣立緒出版社出版的），相對於史坦納的等身著作，這樣的翻譯數量和成績簡直不成比例，而他的代表作《巴貝塔之後》（After Babel, 1975）即使到了三十年後的今天也還未見中文翻譯的嘗試呀。

史坦納的傳記是極有意思的，因為書中幾乎顯少「事件」。別忘了這是一位一生都在書房裡讀書做研究的純學者，社會上的大事件、大行動，或者大陰謀、大破獲，大體上都是與他無緣的。既然故事不發生在「身外」，只好波濤洶湧在「胸中」，他在書中反覆追索自己思想的來歷與轉折，弄得生平的「故事」幾乎都變成了抽象的「辯證」。但大師的敏銳和淵博，即使沒有「故事性」也寫得峰迴路轉，引人入勝。其中他在書中提到在他「快滿六歲生日」的某一天午後，他的父親如何以一種若有似無的「心機」，設計了一場「誘引」他閱讀希臘荷馬（Homer）史詩《伊利亞德》（Iliad）的過程，父親牽著小孩的手，一行一行讀著希臘原文給小孩聽，讓小孩在荷馬溫柔而殘酷的詩句中，第一次經歷了「經典」帶來的顫慄。那個一大一小父子共讀的畫面，極可能是我歷來讀書所讀到的最動人的「文化傳承」場面，而我在那一刻竟不禁油然想起四十幾年前的一樁往事……。

19 持子之手——之三

喬治．史坦納在他那部看似平靜無波的自傳《勘誤表：審視後的生命》裡，寫到童年時他的父親如何攜他之手、富於心機地、也循循善誘地，教導他愛上古典希臘文，也經驗了生平第一次「經典的顫慄」的一段往事。

他在書中說，在他「快要過六歲生日的某個深冬之夜」，父親一如往常親自指導他晚課，卻「出人意表」地打開了荷馬史詩《伊利亞德》，講了其中一段故事給這位心智才剛開啟的早慧小孩聽。說這件事「出人意表」，是因為在此之前他的父親並不讓小喬治自己讀「那本書」（可能是父親覺得時候未到，或者只是因為他父親要求一種紀律，他要求小孩一本書未讀完，不可進行另一本書）。

父親讀給他聽的是《伊利亞德》的第二十一章，也就是希臘聯軍當中最驍勇善戰的名將阿奇里斯（Achilles）在河邊大開殺戒的那一段，著名希臘古典翻譯家羅勃．法戈斯（Robert Fagles, 1933-）將此章加註標題為"Achilles Fights the River"（企鵝版，頁520），而鄧欣揚中文譯本（遠景，1982）也把此章命名為「阿奇里斯力戰河神」。後來我向學生們提起這段故事，現在的大學生已經很少讀過《伊利亞德》原作（不管是哪種語言的版本），我只好加上註解說：「阿奇里斯就是電影《特洛伊》（Troy, 2004）裡頭帥哥布萊德．彼特（Brad Pitt, 1963-）演的那個角色。」大家立刻都微笑點頭，表示明白了。

父親讀給小喬治的《伊利亞德》，先是用約翰．海因里希．福斯（Johan-Heinrich Voss, 1751-1826）的德文譯本，在這裡也許應該增加一點說明，喬治．史坦納的父親本是擔任奧地利中央銀行高官職務的猶太人，一九二四年他深信德國人對猶太人的仇視終將引發大難，遂舉家遷往巴黎，喬治．史坦納就是在巴黎出生，但父親從小要求他讀書不可偏廢，所以他成長與讀書的語言是平均分配在英文、法文和德文上，幾乎都是母語，生活背景上也充滿著多種語言。（他在書上說「我美麗動人的媽媽通常以某個語言開頭，以另一種語言結尾。」）

年紀尚不滿六歲的史坦納和不同的家庭教師學習不同的語言，除了三種生活上的語言，他也被要求學習希臘文和拉丁文，這當然在歐洲是一個書香家庭的傳統，但在那天晚上之前，他顯然是還沒有能力讀原文《伊利亞德》的。

讓我們先回到那第二十一章的「阿奇里斯力戰河神」。本來阿奇里斯正和聯軍統帥阿伽曼儂（Agamemnon）因為戰利品的爭執而鬧得不愉快，阿奇里斯因而不肯出戰，他的好友兼部將帕特洛克羅斯（Petroclus）向他請纓：「……你，阿奇里斯，卻總是如此執拗。願上天保佑我，讓我不至於像你讓憤怒掌握，成為勇氣的咀咒。現在如果你不肯拯救阿開亞人，下一代的子孫會如何看待你？你這個鐵石心腸的人！……那麼，至少讓我帶領密爾彌敦的軍隊出去打仗。也許我可以帶給我們阿開亞人一點勝利光輝。請你也把你的鎧甲借給我套在背上，讓特洛伊人以為我是你，對，以為我是阿奇里斯，讓他們嚇得停住攻擊，給我們阿開亞戰士喘一口氣，他們已經精疲力盡了……。」

穿戴著阿奇里斯美麗鎧甲的帕特洛克羅斯出發與特洛伊的大軍相遇，但天神阿波羅在戰場上混亂中敲下他的頭盔並扯下他護身的胸甲，讓特洛伊的大將赫克特（Hector）一槍刺進他光裸的小腹，銅製的矛頭穿透他的身體，勇敢的帕特洛克羅斯就陣亡了。特洛伊戰士搶走了阿奇里斯那套天神送給他父親的輝煌鎧甲，赫克特把它當作戰利品穿在身上。

消息來到阿奇里斯這裡，「悲慟的烏雲籠罩了阿奇里斯。他的雙手從地上抓起黑灰塵土，灑在自己的頭上，弄髒他英俊的臉龐與乾淨的戰衫。被擊倒一般，他爬滾在泥土中，頹唐躺在那兒，他撕扯自己的頭髮，把它弄得一團糟……。」

巨大悲傷迅速轉成了充滿復仇意志的憤怒，阿奇里斯急著要為帕特洛克羅斯報仇，但他的作戰鎧甲已經失去，阿奇里斯的天神母親乃上奧林帕斯山向神匠赫菲斯特思（Hephaestus）請求一副新的武裝盔甲。在荷馬的《伊利亞德》裡，詩人又用了一整章的詩篇去描繪神匠為阿奇里斯打造新武裝，光是盾牌上的雕塑圖案（有城市、山水風景和作戰的場面）就用了數百行的詩句一一仔細描述，我在這裡顯然是不能重述了。

穿戴一身光輝奪目的全新戰甲、形貌猶如戰神的阿奇里斯重新回到戰場上，兩軍在平原上對陣，展開一場大廝殺。幾位特洛伊的勇敢戰士都不是阿奇里斯的對手，他接連屠殺了好幾位名將，而阿奇里斯的軍隊也一路把特洛伊部隊逼到克桑特思（Xanthus）河邊，並把對方的隊形切成兩半。在一個河灣處，許多落荒害怕的特洛伊軍人跳入河中逃走，阿奇里斯放下長矛，手拿一口劍大開殺戒。

河邊混亂逃命的軍士當中包括了一位特洛伊的王子，那就是天生苦命的萊卡翁（Lycaon）。萊卡翁和赫克特一樣，都是特洛伊國王普利安的子嗣，他才回到特洛伊十二天，多年前他在一次與阿奇里斯的作戰中戰敗受俘，被賣到遠方當卑微的奴隸，此刻他才剛剛度過那些人生苦難，贖回了自由之身，趕回家鄉參加家園的保衛聖戰，誰知道一出場又碰見多年前打敗他的「冤家」阿奇里斯。

他從河中跳出逃命，迎頭撞見阿奇里斯，他自知不敵，跪倒在塵土之中，抓住阿奇里斯的膝蓋，向他求情：

「他乞求著，一手抓住阿奇里斯的膝蓋，

一手緊握長矛，想保住寶貴的性命，

萊卡翁迸發急切的祈求：『阿奇里斯！

我緊抱你的膝蓋，請你大發慈悲，饒了我吧！

此刻我向你求情，王子，你得要尊重我！』……。」

喬治．史坦納的父親是從這裡讀起的，雖然故事好像沒頭沒尾，但一開場就是生命攸關的緊張處境，可憐的萊卡翁向強者阿奇里斯求情，請求他饒恕性命，而萊卡翁絕不是造成這場戰爭的元凶，引發戰爭的是勾引美女海倫的好色王子帕里斯；而殺了帕特洛克羅斯激起阿奇里斯的復仇之火的也不是他，那是他另一個兄弟赫克特。但此刻「無辜的」萊卡翁卻要受到牽連喪命，他的祈求合乎情理。他的求情也哭天喊地的，把這些人生的不公都說了：

「我回到家鄉特洛伊才十二天，
而我受盡多少苦難！現在，再一次，狠心的命運
卻再次把我交在你的手中。天父宙斯一定是恨我的，
才叫我兩次成為你的手中之囚！
啊，母親啊母親，你給我的生命如此短暫……！」

正當小喬治也感到心碎的時刻，可是故事又要如何發展呢？阿奇里斯那舉在空中的劍，是劈下來，還是不會劈下來呢？

20 持子之手——之四

喬治．史坦納的父親教他讀荷馬的《伊利亞德》，第一個段落讀的就是生死一線的場面。萊卡翁跪在沙場上，請求阿奇里斯不要殺他，他與阿奇里斯無冤無仇，他甚至曾是阿奇里斯前次戰役的俘虜，做了多年流離失所的奴隸，而他才回家鄉十二天，命運就讓他再次遇見阿奇里斯。萊卡翁的求饒呼喊是聲嘶力竭、令人同情的：

「聽著！這句話也仔細聽！求求你！

別殺我！我與赫克特並非同一個子宮所生。

是赫克特殺了你的朋友，你那位強壯、溫文的朋友！」

的確，如果人生是公平的，赫克特造的孽不該由同父異母的兄弟萊卡翁來承擔，但阿奇里斯的反應將會如何呢？那把高舉過頭、亮晃晃的寶劍究竟會不會劈下來呢？不滿六歲的喬治·史坦納感到顫慄也感到焦急，基於某一種對人生公平的渴望，使他不由得期望無辜的萊卡翁不至於命遭不測，但從阿奇里斯無處可發的衝天怒氣來看，他又覺得萊卡翁很難逃離劫數，「老天爺，接下來的後事究竟如何？」

但父親卻在這緊要關頭停了下來，他嘆了一口氣，有點憂鬱地看著遠方，欲言又止，遲遲不肯讀下一段。最後，才有點無奈地說：「哎，可惜接下來這一段，福斯的譯本有點不完整，沒有說出全部的故事。」他又說，事實上各家的譯本都有同樣的問題，但桌上已經攤開了希臘原文的荷馬，旁邊還擺著字典和初級希臘文法，「我們要不要自己來試著解開這一個刺激的段落？」父親問這位尚未滿六歲的小孩：「這一段希臘文並不難，說不定我們可以知道阿奇里斯怎麼回答？」

然後，父親牽著小孩的手，指著書上的希臘文，一句一句地唸下去：

「笨蛋，不要和我討價還價。什麼都別再說。

不錯，在帕特洛克羅斯命定之日以前，
我還偶發慈悲，饒了若干特洛伊人的性命；
只是活逮他們，把他們拍賣了做奴隸。
但現在，每一個特洛伊人都得死。
神祇在城門前交到我手中的每一個都不可活，
每一個特洛伊人都不能活，更何況是普利安的兒子。
來吧，朋友，你也得死。為什麼要哭哭啼啼？
即使是帕特洛克羅斯也死了，一個比你好太多、太多的人。
而且，你瞧，我生得這麼英俊強壯不是嗎？
我的父親是個偉人，生我的母親則是不死的女神。
但即使是我，我告訴你，
死亡和命運的力量也正等著我。
終將到來，某個清晨或黃昏或白日，
有人也將在戰場上取走我的性命，
也許是擲出一支長矛，

或者是從他的強弓射出一支致命的箭……。」

聽完這些話，自知難逃一死的萊卡翁癱軟在地，阿奇里斯無情的劍劈了下來，劈在他脖子旁的鎖骨上，當場就殺死了他。

小喬治反覆跟著父親誦讀這段文字，字典和文法書都翻開了，神奇的是，在一遍一遍音韻悠揚的誦讀之後，意義竟然撥雲見日似地開朗起來，按作者的說法，「好像一幅色彩鮮艷、受細沙覆蓋的馬賽克鑲嵌圖案，你把水傾倒其上，那些字和造句便明晰起來，向我顯露形狀和意義。」

希臘文從模糊變得明晰，但文字的內容卻從明晰變得朦朧，讓小孩初嚐啟蒙本身的撕裂艱難（好像發育抽長時骨骼的疼痛）。當他讀到阿奇里斯說：「……來吧，朋友，你也得死。為什麼要哭哭啼啼？」這句話像死刑宣判，卻又加上「朋友」這突如其來的友善字眼，口氣既平靜溫柔又殘酷恐怖，阿奇里斯對待死亡的態度是如此強悍，他既沒有寬恕的柔情（最後他還是殺了萊卡翁），也沒有傲慢的自信（「即使英俊強壯如我，我也終將一死。」），作者引伸說：「他提醒我們，我們的生命都是死亡所給予的。可怕的清明從此誕生。」

我們之所以還活著，並不是我們做過什麼善事或有什麼優點，而是因為死亡還沒來帶走我們，我們的生命因而都是死亡給予的。阿奇里斯腦筋清楚，對天地不仁有清明的體會。但這沉重的問題對一個六歲的小孩是夠艱難了，也許就在那一剎那，小孩一面感到困惑，一面卻悄悄成熟了。這是閱讀與啟蒙的奧祕，從不懂到懂得之間那條鴻溝，人總是突然間就跨越了，我們也不明白這種「超越」是如何來的。

喬治．史坦納回到房間裡，找到他的第一本荷馬，「或許其餘的不過是那個小時的註腳罷了」，他後來當然也發現，福斯的翻譯並沒有遺漏任何片段。那一個小時的印記，烙在他的一生，喬治．史坦納後來成為大讀書家，他看出荷馬的智慧之光貫穿了整個西方的文化史與創作史，你可以在歷代作者的創作中看見蛛絲馬跡，但他說，「對我而言，在每頁裡我都找得到父親的聲音……。」

喬治．史坦納的回憶讓我追想起我的父親，讓我相信童年時期的某個經驗「應該」是父親「有計畫地」為我設計的一場試驗。他刺激我早起，要我練習如何貫徹意志，抵抗睡眠的誘惑。最後我成功爬起來的那個清晨，我和父親有一段田野間相處的美好時光，那個經驗也成了我人生的某種「印記」。

父親不懂希臘文，他不能像喬治．史坦納的父親一樣，循循善誘我讀懂《伊利亞德》，讓我「在每頁裡都找到父親的聲音」，但父親給了我一個訓練，我從此沒有賴床這回事，至今每日睜眼即起，清晨四點、五點起來讀書、工作不以為苦，我其實沒有認真想過這個習慣曾經帶給我多大的裨益，但這個習慣，與未滿六歲時某一個清晨的經驗「應該」是有關係的。

想到這裡，我突然惶恐起來，我可曾同等用心地對待過自己的小孩？也是小孩約莫六歲的時候（為什麼都是六歲？），我看他沉迷在日本漫畫《七龍珠》與《福音戰士》之中，忍不住對他說：「其實這些故事的原型都從古時候的神話來的呀。」小孩眼睛發亮：「真的？」我說：「真的，我來給你講一個《伊利亞德》的故事。」

我把書找來，從第一章講起，講到生氣的天神阿波羅從天上飛下來，箭支在背上的箭壺裡嘩啦嘩啦作響，小孩張開嘴說：「哇！」他顯然是覺得很過癮了。但後來呢？後來我就忘了，等我再想起來，小孩已經長得比我高了。我覺得充滿歉意，我問他：「還記得小時候給你講《伊利亞德》的故事嗎？」他說：「嗯，怎麼？」

「我故事沒講完，後來怎麼樣了？」

「我自己已經看完了，而且看了不只一遍。」他一副沒什麼大不了的樣子。

我鬆了一口氣，也許我不是成功的父親，但小孩自己會長大。

第二部 綠光往事

21 脫衣舞孃

在我快滿六歲的時候，我們的家從北台灣的雨港搬遷到中部的山城，我的童年記憶因而一切為二，根據記憶畫面的背景光影，我依稀可以判斷某些舊事是六歲以後的事，而某些則是六歲之前的事。但六歲以前的記憶只有零碼片段，破碎不成篇章，更沒有編年記事可言了，我總是說不出哪一件事發生在前，哪一件事發生在後，也說不準那究竟是五歲、四歲、三歲，還是更早的事。這裡就有一件我說不出那是五歲、四歲，或者三歲的啟蒙經驗，但既然場景是在每天濛濛輕雨的基隆港市，那就一定是六歲之前的事情無疑了。

先是街頭上傳來大消息，左鄰右舍都在說剛剛以〈孤女的願望〉唱紅全台灣的陳芬蘭，終於要來我們基隆登台了。陳芬蘭那時候還只是個小女孩，我現在當然可以通過資料蒐集的力量，考證出陳芬蘭出版〈孤女的願望〉的時間是一九五九年，當年她才九歲，同時也算出來那年我應該是三歲，但我總疑心那個時代的時間計算沒那麼精確講究，從她出唱片到大街小巷唱紅〈孤女的願望〉，再等到她輾轉來基隆登台，時間也有可能已經是一九六〇年或者更晚，三歲的時間座標就不對了。總之，街頭巷尾的三姑六婆們議論紛紛，都在商量要不要前往市區的戲台去看她演出呢？

很少在家的父親竟然在這個時間出現了，還豪氣干雲地允諾帶全家人去看陳芬蘭的表演，這個大手筆一定讓我和全家人都感到無比興奮，不然我為什麼能在近半個世紀之後還感覺得到這件事的份量呢？大日子終於來臨，爸爸媽媽難得全副盛裝，小孩子們也被打扮得漂亮體面，我們就浩浩蕩蕩乘車往市區出發了。但遇車則暈的我等不及來到市區，就大口嘔吐在父親的身上，弄得他一身西裝狼狽不堪。這個意外似乎也沒有敗光全家人的興致，我們還是吃了晚飯進了戲院，坐在二樓遙遠的高處，欣賞著陳芬蘭的演出。

這是我第一次進戲院，看到的是那個時代氛圍特有的歌舞表演，陳芬蘭自然是整場秀的主角，但這也不妨礙整場歌舞表演仍然有許多其他元素：像是貫徹全場的辯士口才、葷腥不忌的主持人，中央穿插的魔術雜耍和諧丑表演，香豔刺激的歌舞綜藝，以及其他多名男女歌星的協力演出。

陳芬蘭當晚的表演讓全場如痴如醉，她仍然還只是一個小女孩的模樣，一身白紗洋裝，楚楚可憐，當她用帶有鼻音的哭腔唱出〈孤女的願望〉時，你真的以為那就是她的真實身世，忘了那是一場舞台上的表演。而她的這首歌也只是她萬千化身的一種，因為她還會繼續演唱許多歌曲，每一首歌各有一種敘述的身份，有時候她是思春而雀躍的少女，有時候她是望穿等待的情婦，有時候她又成了失去一切的怨婦……而每一首歌唱出時，我們都立刻相信了她新的身份。

但對於或者三歲、四歲，或者五歲的我，陳芬蘭的夜晚還有更多的意義。那些節目對我而言都是新鮮的經驗，我望著塗抹了五顏六色的花臉丑角，感到畏懼又有無窮的嚮往；看到那些魔術與雜技，覺得恐怖又好奇；對大開黃腔的主持人以及滿堂的回應笑聲有點無法理解。但那個第一次看到歌舞劇院的小孩最覺得莫名刺激的，恐怕是那些帶有情色意味的歌舞表演了；那些歌舞，有的是穿戴亮片和羽毛，伴隨著歌者作為一種布景的，也有另外作為串場、大腿如林的群舞，更有一些伴有挑逗音樂、舞者幾乎衣不蔽體的個人獨舞。

那個晚上回到家裡，夢裡頭出現一個鏡頭，那是五色旋轉的舞台燈光下，一位歌女唱著歌，背後有伴奏的樂隊，記得當中有八爪章魚似的鼓手，和一位直直站立把臉貼在琴上的低音大提琴手，好像還有伸縮喇叭手。歌女兩旁有若干名穿著暴露的伴舞者，她們扭動著充滿亮片的衣服跳著舞，歌曲終了時，紅燈閃耀，她們定格般高舉一雙裸露的臂膀，腋下森森碜出濃黑的腋毛。這個時候，我就驚醒了，意義不明的畫面深深刺激了我，我瑟縮在蚊帳裡，感到又害怕又羞恥，再也無法入睡，醒來也無法對別人明言。

這個奇怪的夢境就一而再再而三地出現，畫面上的舞台不斷隨時間變化，演唱的歌女也不斷替換，換成較新認識的女星，伴奏樂隊也不停改變人數和隊形，只有旋轉的彩色燈光是不變的，伴舞者最後高舉雙手露出腋毛也是不變的，我也總在那一刻驚醒。這個充滿性意識醒覺的夢境重複出現多年，次數頻繁，更長驅直入我焦躁不安的青春少年時期，直到它被別的春夢取代為止。

事實上再有機會看到歌舞表演時，我們已經搬到中部山城，我也已經是上了學的小孩。我所居住的香蕉集散小鎮偶爾會來一些流浪的歌舞團，在經常演出歌舞綜藝的戲院售票公演。每次新的歌舞團來到鎮上演出，照例要遊街宣傳，貼著充滿誘惑海報、裝著擴音器的宣傳卡車，載著成群穿著鑲滿亮片戲服的濃妝舞女，在街頭大聲喧嘩，給本來平靜無波的農村小鎮帶來嘉年華會的炙熱氣氛。

這些歌舞表演已經不再有陳芬蘭那種帶來全鎮殷望期待的大明星，代之而起的是不再迂迴的情色誘惑，文案強調香豔刺激，海報的圖片也是愈來愈露骨了，豐乳肥臀幾乎要從平面傾瀉而出。已經逐漸衰老的父親偶爾拿著經營戲院的房東送給他的招待券，帶著我們幾個小孩去看歌舞表演，總是到了幾段脫衣獨舞的尷尬時刻，父親才會斥喝我們低下頭去。

但那畢竟還是慢條斯理的農村節奏，脫衣舞還是如美國最有名也最機智的脫衣舞孃吉普賽・羅絲・李（Gypsy Rose Lee, 1914-1970）所說的名言：「值得做的事情就值得慢慢做，非常慢地做。」（If a thing is worth doing, it is worth doing slowly…very slowly.）

每位脫衣舞孃上台時，一開始或者華麗或者端莊，衣服一直緊緊包到脖子，看不出即將發生的情色。隨著挑逗性的音樂響起，她才逐件卸除衣裳，而那些衣服也彷彿魔術一樣，一件之後還有一件，似乎是脫之不盡的。總是要等到兩首歌曲奏完，舞孃已經露出夏娃的原始潛力，她的衣服看起來已經隨時可以消失，這時候，更富暗示性的音樂奏出，主持人也說出更富色彩的字眼，舞孃作勢要脫去她最後的葉片，這個時候父親才輕聲說，低下頭去，小孩子不要看。但我還是聽得見令人困窘的音樂以及主持人的猥褻旁白，我常覺得不明所以的口乾舌燥與心跳加速。直到音樂結束後，父親會輕敲我的肩膀，示意警報已經解除，我再抬起頭來，紅綠燈光已改，舞台上也已經不見人影了。

很多年後，我想起這些經驗，覺得已經成年的我，應該有權利觀看那些我未能看完的脫衣舞碼了吧？我買了戲票去一家猥瑣破舊的歌舞戲院，看門收票的人也是一副縱慾傷身的模樣，找到座位坐下來，觀眾寥寥無幾，無精打采的音樂奏起之後，一位長相抱歉村婦模樣的矮短女子走出來，先照著音樂胡亂扭扭身子充作一種舞步，面無表情彷彿打卡上班一樣。一首歌曲之後，樂風一轉，節奏加快，暗示有事即將發生，歌舞女郎一轉身，身上的披風扯開，她就一絲不掛了，同樣的面無表情，同樣的胡亂扭身，只是歌雅（Francisco de Goya, 1746-1828）穿衣和裸身的兩張畫像，但不穿衣的這位身材早已走樣的女郎，慘白的皮膚上有許多暗紅色的斑痕痘瘡，不忍卒睹。整場脫衣舞表演，只剩快快的史脫立普（strip），不見慢慢的挑逗（tease），十倍速的時代，連古典色情都瓦解了。

22 潛入戲院

我和阿三哥依約前來，輕輕敲著鐵門，空空空，再一次，空空空，門裡面果然含糊傳來回應的一聲，但聽不出是不是瘦猴的聲音。過了一會兒，鐵門咿拐一聲大響，緩緩開了一條小縫，瘦猴臉色緊張地探頭出來，揮著手比著趕快進來的手勢，又把食指放在嘴唇上要我們噤聲。我們急忙側身潛入門內，鐵門立即在身後關上，但又發出碰撞的哐啷聲，嚇得瘦猴又神色倉皇地伸指比了一個千萬別出聲的手勢。

這是一家戲院的後門，本來是散戲出場的地方。瘦猴家裡開電影院，他終於答應要讓我和阿三哥進場免費看電影，他開了後門放我們進去，但這件事不能讓他家裡其他人看見，不然他就要被老爸吊起來毒打了。我們下午依約前來，敲門做暗號，電影已經開場了，可以聽見場內銀幕上發出的對話回音，這個時候偷偷進場比較不惹人注意。

我們從場外的廁所倒走回來，掀開厚重的布幔，鑽進全黑的戲院內。我的眼睛一下子什麼也看不見，只感覺戲院前方銀幕有強光。過了一會兒，眼睛有點適應了，慢慢才察覺戲院內黑壓壓擠滿了觀眾，不僅座位都滿了，連站著的觀眾都有一大票，也難怪，上映的是王羽主演的邵氏大片《獨臂刀》呢。瘦猴在前方拉著我的手，我拉著後方阿三哥的手，怕被擠散了，慢慢往戲院後端擠過去，想找看看有沒有合適的角度和站位。

突然間，我的手腕被什麼東西緊緊地扣住了，我聽見瘦猴驚訝的一聲，感覺他鬆開我的手，阿三哥的手也離我而去，一陣雜沓的混亂腳步，然後我聽見中年婦人的叫喊：「不要讓他走了！那邊！那邊！」那是熟悉的口音，應該就是平日守在戲院門口收票的凶胖婦人。我心裡覺得不妙，想要掙脫手腕上的緊箍，但那隻手的力氣太大了，扣得我的手腕快要斷掉了。

我仍舊看不清楚周圍的環境，光線太暗了，但影片的對白卻還無動於衷地進行著。箍在手腕上的巨大力氣拽著我往外走，我的腳幾乎被拖在地面上，身體則是不斷撞到旁邊站立的觀眾，咒罵聲與三字經也此起彼落：「你是在幹啥？幹！我們在看戲呀！」

我被拽出了戲院正門，光線一下子變得亮白刺眼，電影的對白聲和音樂聲突然消失了，情勢也一下子變得明朗了，看門收票的凶胖婦人此刻漲紅了臉，滿面怒容，一手抓著一個小孩。我和阿三哥都被活逮了，只有瘦猴不知去向。我的右手被她粗壯的右手緊緊扣著，因為方向相反，她拉著我往外走時，我是背向著被拖出戲院。她的左手則扣住了阿三哥的右手，看阿三哥發白的嘴唇，他恐怕是嚇壞了。我看不見自己的表情，我想也好不到哪裡。

收票胖婦人開始罵街了，她杏眼圓睜，嗓門大到隔街都可以聽見：「你們這些猴囝仔，每天跑來偷看戲，一遍又一遍，以為我都在睡覺不知道？這次終於給我逮到了吧。」轉頭她又叫平日在戲院掃地的輕度智障工人：「阿興仔，你去拿黑油漆來！我給他們臉上好好的畫一畫，讓他們在街上走路比較好看，看看他們以後還敢不敢？」

婦人回頭對著大街繼續罵：「本來鐵門要給你們通電的，把你們這些爬牆偷看白戲的猴囝仔電個痛快，看你們有多厲害。我是不忍心把你們電做肉乾，死得難看，父母養你們這麼大，也不知道想一想……」

阿三哥臉色慘白，囁嚅地說：「是……瘦猴帶我們進來的。」胖婦人更氣了，左手幾乎要把阿三哥的手扭斷了：「你講什麼？沒你講話的份，要講送你去警察局慢慢講。」回頭又大叫：「阿興喂，你是死去哪裡了！卡緊拿黑油漆過來！」嘴裡還不斷恨恨地說：

「恁這些死囝仔，不知死活。」

戲院門口已經圍滿了十幾個群眾了，老的少的，大家都擠過來看熱鬧，我在人群中看到班上的阿滿，她正探頭呆看著我們被活逮的狼狽模樣。我不太敢直視旁觀者的眼光，光天化日之下被人像賊一樣抓著，並不是什麼光采的事，等一下如果臉上被塗了油漆，那更是無處去躲了，何況這條大街上，隨時可能有學校的老師會經過，我這個平日裝乖巧的「好學生」可就穿幫了。

突然間不遠處，我像溺水的人看見了光亮，大哥正從前方路上迎面走過來。可能是太羞愧或者太害怕，我根本不敢出聲叫他，但他還是抬頭看見了圍在人群中的我，我從他的黑框眼鏡中看見驚愕的表情。他慢慢走過來，開口問道：「這裡發生什麼事？」我很多話想說，包括：我們不是爬牆，而是戲院老闆兒子帶我們進來的；我們是第一次偷進戲院，以前偷看戲的與我們無關，而且我們什麼戲也沒看見；或者我也願意說，我以後不敢了，從此再看不到王羽的《獨臂刀》也沒什麼了不起……。但我委屈地眼眶紅起來，一句話也說不出。

大哥指著我問胖婦人：「他做了什麼事？你抓他做什麼？」

婦人看著他：「這是你們家的小孩？」接著又冷冷地：「爬牆偷看戲呀！不知道多少

次了，現在抓到了，正要拿黑油漆來塗他臉上。」

大哥說：「只是小孩不懂事，不要這樣。」嘆了一口氣，大哥又說：「我賠你戲票錢。」婦人鬆開手說：「免，小孩你帶回去，回去好好教示一下。」

大哥拉著我的手離開人群，我聽到阿三哥悶哼一聲，我回頭看見婦人的手還緊緊箍在他的手腕上，他求助般地看著我，我拉拉大哥的手，但大哥緊閉雙唇，面色嚴厲，頭也不回地往前走，我是救不了他了。走了幾步，我再回頭，阿三哥正扭著身子哀號著，不知道是不是黑油漆已經來了？定睛一看，我竟發現瘦猴也無事人似地藏身旁觀的人群裡，他與我的視線相接了一秒，立刻低下頭，不敢再直視我的眼睛。

回到家中，大哥沉默坐在角落很久，大概是掙扎著要不要告訴父母這件事。我也一聲不響坐在圓餐桌前，佯裝做著功課，一面用眼角看著大哥的動靜。他坐著長思到傍晚，日光已經變黃了，終於他站起來，走往客廳。我看不見他們，但我可以想像，父親也許一如平常正坐在沙發看報紙，媽媽應該是坐在地上的小椅子鉤著一件三毛錢的毛衣線頭。我隔著牆聽到大哥咕嚕咕嚕的說話聲。

過了一會兒，父親母親都來到餐廳，父親不語看著我，眼光銳利，彷彿是種斥責，但他看了一會兒，一聲不響轉身走了，我的心裡刀割一樣難過。母親坐在桌前滿臉怒容，額上青筋浮起，她開始高聲罵起我來：「家裡沒錢給你看電影，你就要去做小偷嗎？嗄？嗄？」

「你這樣做，全家的臉都被你丟盡了，你知道嗎？嗄？嗄？」

「不想讀書就去跟拖拉庫（卡車）呀，不要浪費錢上學校呀！嗄？」

我當然知道，回到家後我早已經自我責怪一百回了。我回想起，只不過是抵抗不了愛看電影的誘惑，我已經闖過好幾次禍了，好幾次讓父親對我失望，還有幾次雖然未被發現，自己則是充滿了罪惡感。我甚至已經偷偷下決心，以後不再看電影了，只是我不知道我自己是不是做得到。

「我在講，你有沒有在聽？嗄？」媽媽愈罵愈生氣，霍然站起，拿著雞毛撢子大步跨過來，雨點般地落在我的大腿和小腿上，一下一下熱燙燙地在皮膚上烙刻著。我沒哭也不躲，疼痛正在治療我的羞恥，下午那個場面還默片一般盤旋在我腦中，但我已經不難過了……。

23 升旗台上的軟骨美女

已經是黃昏了，遠方天邊彩霞滿布，橘紅色染滿了大半邊的天空。西邊一排平房教室，從這一頭看過去已經成了暗黑的剪影；操場邊上那幾棵沉默的榕樹，粗壯的枝幹下端變得昏暗，上端的綠葉卻鑲了薄薄一層金邊。音樂從操場上的擴音喇叭裡流淌出來，聲響被嗶嗶剝剝的雜音弄得有點支離破碎，升旗台上的旗杆也變成孤伶伶的一柱黑影。但水泥升旗平台上的一條瘦削的桃紅身影，還一逕隨著音樂伸展著、舞動著、扭曲著。

總是在某個星期五的降旗典禮之後，校長會突然宣布一個驚奇，他說典禮完畢之後會有一場演說或者表演。我們都比較期待表演，因為演講大部分是取材於學校裡的老師或者就是校長自己，他們要說的故事我們已經聽過一百遍了，不外乎是有一個窮學生被有錢人老闆看上，因為他腳底下的鞋底是平整的，證明他走路的時候沒有扭來扭去，非常規矩而平穩，這也說明了他的性格，他的平穩規矩將證明他是個有用的人，這位慧眼老闆於是雇用了他，而且後來還把帶有大量嫁妝的女兒許配給他……。

但我們都不喜歡這種故事，因為它暗地裡指責我們走路歪七扭八，鞋底也磨得一邊高一邊低。我們的確走路不規矩，可是放學的時候，我們都像一陣風一樣逃離監獄般的學校，一路扭打嬉鬧回家，誰還有心情規矩沉穩地走路呢？更何況我們才小學一年級，看到同班的異性同學都覺得可笑可憎，誰會關心未來的婚姻和財富？誰希罕娶到有錢老闆的女兒？萬一那女兒根本是個豬扒醜八怪，不管她帶來多少嫁妝，那又是什麼好事呢？

升旗台上的表演就有趣得多了。有一次請來的是魔術師，魔術師年紀很大了，江湖跑老了，梳得油光的頭髮又少又白，而且滿臉倦容。他穿著白色襯衫和黑色燕尾服，但衣服也很舊了，襯衫領口發黃，燕尾服的下襬根本就有明顯的破痕。他的道具都放在一張小小的高腳桌上，但道具都又髒又舊，連那塊黑色桌布也露出滄桑的疲態，邊上都起毛了。不過老魔術師開始表演了，立刻吸引了我們的目光，他先從一方什麼都沒有的手帕裡拿出一束塑膠花來，又從一張折起來的舊報紙裡倒出水來澆花，然後再從自己張開的嘴裡拿出一顆又一顆的乒乓球，好像永無止境，只是老魔術師手發抖不靈光，拿出來的乒乓球有時候會掉到台下去，我們卻更開心了……。

到了最後，天色已經發紫昏暗了，魔術師拿出一張舊報紙，小心翼翼折成小塊，用火柴點燃，當紙張燒成灰燼時，魔術師雙手一揉一拍，灰燼中竟變出一張百元大鈔。這真是太神奇了，而且憑空而來的百元大鈔更讓我們感覺到誘惑，我們把小手掌都拍紅了；愁容落寞的老魔術師此刻也露出欣慰的笑容，輕巧地略為彎腰欠身，做出一個優雅的謝幕姿勢來。在黃昏將盡的時光，空無一物的升旗台上，這位流浪落魄的老魔術師找到了一個奇怪而荒涼的表演舞台，還有一群不期而遇的幼齡觀眾。

真的是不期而遇，因為這一切並無計畫，也不曾事先宣布，一直到校長臉上露出神祕微笑揭曉之前，我們永遠不知道我們會遇見什麼。但為什麼有這些奇怪的活動？也許是因為那時候台灣剛剛宣布把國民義務教育延長為九年，我們即將變成第一屆不必經過考試就能升上中學的畢業生；本來降旗之後的時間是用來給準備升學考試的學生和老師惡補之用，現在時間空出來了，也許我們鄉下學校的校長靈感來了，想到這種新的「教育內容」……（但這個猜想可能也是錯的，我們是在五年級的時候才聽說九年國教不用考試的消息，而升旗台上的表演卻要比這早很多年就有了，只是一開始沒有這麼頻繁多花樣而已。）

可能這一切只是一位鄉下校長的異想世界，他受的是日本教育，腦子裡有他不合時宜的教育構想，在偏僻的鄉間加以實現，也許是無人質疑的吧？但今天的教育內容比魔術還更特別了，操場的擴音喇叭播放的是一種充滿誘惑意味的拉丁樂曲，主旋律是小喇叭滑音的銅管音色，台上那個嬌小的紅色身影，是一位穿著桃紅亮片兩截式泳裝的軟骨美女，她正在表演的是各式各樣的軟骨特技。

升旗台上一樣空盪盪沒有任何裝飾和布景，中間疊起兩張我們教室裡的木頭座椅，軟骨美女隨著音樂，扭動肢體，並且在那兩張座椅窄小的縫隙中鑽進鑽出，她的骨頭似乎是橡皮製的一樣，可以扭轉成任何角度，鑽進一些我們不能想像的狹小空間。軟骨美女看起來年紀很小，大概沒有比我們大幾歲，她臉上塗著紅豔豔的胭脂，眼角也有藍紫色濃厚的眼影，但她的臉龐仍然流露出一股童稚的茫然，她的江湖生涯大概是還淺薄的吧。

表演時的她沒什麼表情，也不直視台下小朋友們的眼睛，更沒有能力挑逗觀眾的情緒，她只是例行公事似地、照本宣科地、體操表演式地把所有高難度的動作呈現了一遍，偶爾有一兩個動作特別困難，她似乎陷在一張椅子的夾縫裡，但她不氣餒，咬著牙、努力扭轉著身子，額上青筋浮起，不一會兒，她奮力解開打結的身體，脫困而出，但她表情空洞，我們也不能在她臉上看出任何一絲高興或者鬆了一口氣的樣子。

軟骨美女穿著一襲串滿桃紅亮片的比基尼泳裝，顏色曖昧，衣難蔽體，肉身的大部分是暴露在外的，只是她幼稚的臉龐沒辦法和情色產生聯想，她的肌肉線條剛硬，皮膚也黝黃而粗糙，你比較容易想到營養不良的非洲難民們……。

在奇怪的挑逗音樂聲中，在黃昏的橘色天光下，我們這些沒見過世面的鄉下小學生目瞪口呆地看著她，不知道該如何反應，操場上顯得鴉雀無聲。一位老師大概是擔心表演沉悶單調，特地跑上升旗台，為大家熱情解說小女孩的動作，並且一再要求我們給她鼓勵的掌聲。

但我看著泳裝少女努力地糾纏在兩張課桌椅中，好像一隻受困在陷阱之中的小野獸。我一方面彷彿偷窺到一場不道德的異世界奇景，內心有種犯罪的快感和愧疚；一方面我又意識到她的命運與我們迥然不同（我們無憂地在此上課，她卻像一隻野獸一樣掙扎在課桌椅的陷阱裡），心裡不知不覺地為她感到失落與悲哀。放學回家的路上，軟骨美女糾纏在椅子裡的景象盤據在我的腦海，我甚至有一種錯覺，以為此刻田野上方的天空也特別昏暗低沉，好像要壓到我的頭上。

在邊緣鄉村的小學校裡，來自一位校長的奇想，升旗台上因而每隔一段時間就要上演一場奇異的戲劇，有時候是雜耍特技，有時候是其他學校的合唱團，有時候是未穿戲服的歌仔戲表演，有時候則是要我們回到教室，在室內四面圍起大片黑布幔，放映蛇吞小豬的奇異影片。這些不可預測的內容常常讓我們開心不已，有時候甚至在同學間騷動好幾天。但某一天的傍晚，在橘色天空下，一位瘦小軟骨女孩的特技表演，卻讓一位成長中的小孩陷入困惑，反覆咀嚼，很多年以後都不能忘懷。

24 升旗台上的管樂隊

一樣又到了降旗典禮時光，這意味著快要放學了，我們心裡也有一種期待解脫的渴望。太陽漸漸西斜，熱度不再像正午那麼焦灼炙人，但這畢竟是盛夏之日，我們身上的白色制服不知道已經溼了又乾、乾了又溼多少次。現在略有涼意的微風吹來，吹拂著背上溼黏的衣服，帶來背上皮膚一陣陣冰涼，我們正在享受這種亞熱帶特有的黃昏的輕鬆舒暢。

矮小而禿頭的校長兀自還在升旗台上嘮嘮叨叨講個不停，他已經講了十幾分鐘了，沒有人注意他在講些什麼，我們早已厭煩他千篇一律、永無止境的道德教訓，我們甚至都已經看穿了大人們的偽善與言不由衷，譬如嘴裡告誡我們德行比功課更重要，但他們真正關心的也總是只有我們的考試成績和升學率。現在已經接近脫離監禁的時間，我們內心有一種自由的呼喚與勇氣的鼓舞，台下兩千名學生開始集體發出低低的嗡嗡聲，好像遠方傳來的地鳴一樣。嗡嗡聲很快又轉成噓噓聲，那是我們學生表達對演講者不滿的傳統方法。校長果然再一次被噓聲激怒了，他像卡通人物一樣跳起來，激動而快速地揮舞著短小的右上臂：「誰？誰？誰在噓？誰在噓？」

本來在一旁監督秩序的軍訓教官們也全部醒轉過來，立刻嗶嗶嗶吹起哨子，大聲斥喝：「不准噓！誰還在噓？通通不准噓！」接著又趨前指著一個方向：「就是你，就是你！還噓？還噓？」

但大人們情急得雞飛狗跳，讓我們更加開心也更加興奮，我們努力保持臉上的端莊，輕輕嘛起嘴，腹語術一般地暗中發出噓噓聲，聲音愈來愈大。其實我們也不怕，兩千人同時造反，沒有人落單，誰能拿我們怎麼樣？把我們通通記過開除嗎？那學校裡還有學生嗎？那校長和教官還有飯吃嗎？

控制不了場面的校長終於悻悻然下了升旗台，我們報以熱烈的掌聲，學生們的叛逆青春再一次得到勝利。這是一九七〇年代以升旗台為中心的學校景觀，充滿軍事教育的形式與氛圍，我們是台灣中部一所以考試升學見長的男生名校，但也是一所以自由學風傳統自豪的歷史名校。學生們的叛逆顯示在他們升旗、降旗典禮的「無視禮節」，集體噓聲則反應著他們對「言論自由」的內在嚮往，在那個處處透露著威權逼壓的時代裡，這所學校的學生算是大膽而危險的了。

但在把校長噓下台的混亂中，突然間升旗台快步跳上來一位臉型瘦削、個子嬌小的老師，他唇上蓄著短髭，長得像一隻斯文的老鼠，頭上戴著法國藝術家的棕色蘑菇帽，脖子上圍著同色系的圍巾，笑容可掬地向大家彎腰曲腳行禮，他對著麥克風柔聲說：「同學們，同學們，不要激動。」他的口音帶著濃濃的台語腔和日本腔：「能夠欣賞貝多芬才能成為偉大的國家，我們來欣賞一段音樂吧。」

他是學校裡大家都認識的一位行徑特異的音樂老師，也是負責學校樂隊的指導老師。他指揮棒一揮，本來歪七扭八等在一旁的鼓號樂隊立刻振奮起來，他們搬來定音鼓、各種樂器與譜架，很快地在狹小的升旗台上圍成半圓，儼然一個沒有弦樂器的「管弦樂團」。音樂老師敲敲譜架，轉過身來對我們優雅地欠一欠身，再度宣布：「今天為各位帶來的是貝多芬的〈艾格蒙序曲〉，Egamont Overture。」

然後大量金屬音色的銅管樂器一湧而出，開始了先是低迴悲愴、最後是雄壯激昂的〈艾格蒙序曲〉，小號和法國號是主角，但伸縮喇叭也忙進忙出，反倒是用來代替弦樂音色的木管樂器被銅管壓得有點黯淡無光，只有在轉折處你才感覺到它們的委婉纏綿。本來是一支平日懶洋洋吹奏國歌、國旗歌有如送葬哀樂的學校鼓號樂隊，這一刻突然化身為音樂廳裡熱情洋溢的管弦樂團，到這裡我們才知道這所中部名校的臥虎藏龍，並非浪得虛名。

我們並不是第一次聽到樂隊演奏〈艾格蒙序曲〉，每當學校樂團放學後在樂器室練習時，我們就已經聽過荒腔走板的片片段段，我也偶爾還會聽到參加樂隊的朋友回家練習的部分。阿泰就是樂隊裡的首席小號手，他不只在學校裡練，回到家也勤練不輟，我晚上到他家吃飯，看到他在黃昏的閣樓上練習滑音，每次吹到高音破碎時，就驚起一群鴿子四處飛散。但全部合起來一口氣奏完，在升旗台上這還是首次，我有點受到感動，想到偉大的音樂可以距離你的生活很近，就覺得無比真實而親切。

另一個在升旗台上演奏的曲目，則是輕巧活潑、膾炙人口的〈波斯市場〉（Persian Market）。樂曲開始時，演奏模擬駱駝商隊遠來，駝鈴由遠而近，重複的樂曲旋律要一層一層由弱轉強，那考驗著這些浮躁高中生的細膩與耐性。也許是樂曲本身的戲劇性與娛樂性吧？高中樂團演繹這樣如詩如畫、多彩多姿的曲目，反而有著一種頑皮與嬉戲的歡樂氣氛，把一個學校的黃昏點綴得像個嘉年華會，高中生的心情也因此開懷了許多。

瘦小的音樂老師或許也是亂世中不得志、不合時宜的隱遁者吧？看他指揮樂團時全身震動，彷彿真的在指揮一支名揚四海的交響樂團，他也有一種陷入瘋狂的陶醉表情，猶如已被貝多芬鬼魂附了身。但參加樂團的同學說，他們其實不喜歡音樂老師的指揮，因為他總是太亢奮，愈指揮愈快，渾然忘我，完全不記得樂曲本來該有的節奏與速度，連累所有的樂手必須苦苦追趕，上氣不接下氣。

音樂老師在學校裡的許多瘋狂言行，學生們津津樂道。一九七二年日本與台灣斷交，轉與中國「關係正常化」，台灣老百姓情感大受打擊，學校裡也有點氣氛低沉。音樂老師在教室裡鼓勵學生要埋首讀書，不要衝動，以求未來之大用，講到涕泗縱橫，突然間又破涕為笑說：「當年日俄戰爭日本打敗俄羅斯時，俄國人深受打擊，但托爾斯泰說，不要氣餒，日本還不是一個偉大的國家，因為他們還沒有柴可夫斯基。」

老師的瘋狂與夢幻，對處於升學考試壓力的高中生而言，既是可笑不真實，卻又深具遠離現實的魅力。我們覺得苦悶，一方面要對付身體發育帶來的種種新煩惱，一方面還要壓抑自己的釋放衝動日復一日準備考試，那是雙重的煎熬。所幸學校裡有一些瘋癲不循常理的老師，給了我們一點生命多樣性的想像。

如今回想起來，學校也是寬容的，它不但沒有壓抑這些個性獨特的老師，甚至還留給他空間。像音樂老師帶領的樂隊並非一般儀仗用的軍樂隊，而是一個隱藏的交響樂團，他要許多預算去買定音鼓、雙簧管、低音巴松管之類一般學校不常用的樂器，學校也都提供了；他上起課來也無比瘋狂，彷彿他教的是專業的音樂系。他希望能教到一些音樂天才，好讓他更為驕傲，他也真的教到一些，和我同年的隔壁班，有一位音樂天才，才高二，已經是訓練有素的男高音；有一天，音樂老師要他上台演唱，他開口歌唱，美麗聲音遠傳幾間教室之外，我從教室門外走過，忍不住停下腳步，無法再走。學生在台上，老師在台下閉眼微笑，在那樣一無所有的時代裡，總有片刻美好時光讓我們永遠珍藏……。

25 少年陳瑞仁

大批紅衣群眾靜坐在台北的凱達格蘭大道上，徹夜唱著歌並比著手勢，要求陳水扁總統下台；陳水扁自己以及他的支持者則說，依照憲法總統有權且有義務應該做到任期屆滿。電視的談話節目裡，雙方各自有自己口齒伶俐、辯才無礙的辯護者。在街頭上，雙方也都不乏屬於自己色彩鮮明、激動昂揚的群眾，而對抗的兩邊都有非達成目標不可的堅強意志，就像倒扁群眾的領導者施明德說的：「不是阿扁倒，就是我倒。」

台灣僵持的政局彷彿再度陷入了激情對抗的無解循環，但在針鋒相對之中，雙方卻都同意有一個可以打破僵局的變數：陳瑞仁。

「陳瑞仁，加油！陳瑞仁，加油！」廣場上的紅衣群眾喊著他的名字，當然他們也喊著另一個名字，不過那是：「陳水扁，下台！陳水扁，下台！」在他們的輪替呼叫中，彷彿這兩個名字有著一種因果或替代的關係，彷彿陳瑞仁如果聆聽他們請求的聲音，期望陳水扁下台的祈願就可以應驗了。

不只是倒扁的群眾這麼想，連民進黨內部人士都說，意志堅強的阿扁絕對不會因施明德的廣場倒扁行動而下台（不管民調數字多低，或街頭的群眾數量多高），陳瑞仁才可能是壓垮陳水扁的最後一根稻草，或者顛倒過來，是讓阿扁解套脫身的一個關鍵。

但這位大家殷切期盼的陳瑞仁是誰？

他就是那位正在偵辦國務機要費弊案的高等檢察署查黑中心的檢察官，也就是破天荒當著國家元首的面說：「總統先生，您可能涉及偽造文書和貪污罪，您要不要在詢問時請辯護律師在場？」樹立了台灣司法里程碑的檢察官。

在捲入這場風暴之前，陳瑞仁檢察官的名字也出現在「股市禿鷹案」（在股市禿鷹案他勇敢地起訴了他的學長、金檢局局長李進誠）；再更早幾年，他的名字和照片曾經與「海軍上校尹清楓命案」連在一起（那是一九九三年，他扮演的是一位與國防部以及軍方各種高官頻頻衝撞、卻一無所獲的年輕檢察官）；在那之前，他還是拒絕升任主任檢察官的改革派司法人員……。

再更早呢？再更早我就要回想到我所認識的朋友：少年陳瑞仁。

這裡的少年指的大約是與王光祈「少年中國」相同的少年。陳瑞仁是我的高中同班同學，後來又一起到台北的大學求學（那所大學如今卻成了「貪腐集團」的搖籃），我們還曾經一度賃屋同居，相濡以沫好一陣子。至少他是我心目中少年時期最好的朋友。那時候的陳瑞仁，還不是檢察官陳瑞仁，也還不是需要別人尊敬的任何人物，他只是我的朋友陳瑞仁，那種像歌裡的"We had joy, we had fun, we had seasons in the sun."天真無邪的朋友。

也許年輕時期我能看到他的不同，所以當我看到記者筆下的陳瑞仁「查案的態度就跟他的外表一樣嚴肅不苟言笑」，忍不住要大笑起來。

我認識的陳瑞仁，從來不是嚴肅不苟言笑的人，他一直是全班同學中最愛耍寶搞笑、人緣也極佳的活潑大男孩。記得高中一年級第一天上課，剛從女校轉入我們男校任教的英文女老師，穿著一襲超短迷你裙旋風般進了教室，我們這些青春期的大男孩全都騷動了。英文老師在課堂中要同學試造一個句子，陳瑞仁站起來大膽地佯裝造句說："Do you like me?"女老師很有默契地不評論句子的對錯，直接回答說："No, absolutely not."全班哄堂大笑，那是我們的青春世代所能擁有的最大娛樂了。

即使是離開學校很多年，我們在同學會再次見面，他當眾敘述我寫的文章內容中可能涉及的犯罪，引述法條揚言要收押禁見，幽默開玩笑的功力不減當年，他當然不是刻板嚴肅的人。

但是有沒有可能陳瑞仁檢察官在我們這些老朋友看不見他的時候，不知不覺地變得嚴肅？

我想起瑞典夫妻檔推理小說家荷瓦兒與法勒（Maj Sjwall and Per Wahloo）兩人筆下的主人翁：斯德哥爾摩市刑事警探馬丁・貝克（Martin Beck）。因為長年辦案，生活不正常，又看盡社會的黑暗陰鬱，使他變成一個胃部隱隱作痛，沉默、憂鬱而帶著哀傷的人。我可憐的老同學，有沒有可能因為屢辦大案，看了太多權謀與罪惡，變得不再開朗歡樂？

或者像科學作家古爾德（Stephen Jay Gould, 1941-2002）在《達爾文大震撼》（Ever Since Darwin, 1977）一書裡所寫的達爾文，因為看見自己的演化論發現將帶給人類和宗教的衝擊，心底有不可承受之重，從此一改年輕時的活潑輕浮，後來變得嚴謹肅穆，不易親近。我的同學陳瑞仁，難道也是看見什麼難以承受的真相，才變得不苟言笑嗎？

我寧可相信我的同學還是如往常一樣，每天會妙語如珠並開懷大笑，「嚴肅不苟言笑」只是記者遠距觀察的一場美麗誤會。但是當我想到全國紅綠兩邊的激情對抗，竟然一廂情願仰賴他的辦案結論，不禁也替他感到沉重。

首先，國務機要費這個案子是不好辦的。美國推理小說名家達許・漢密特（Dashiell Hammett, 1894-1961）早有名言：案子不好破，不是因為犯罪太精巧，而是利益糾葛太深，辦案過程有無數攔阻你的障礙。想想看尹清楓案吧，案子最驚人之處是辦案過程所碰見的各種毫無遮攔的阻擋，軍購的利益太大，涉案的人層級太高，小小的檢察官在權力蜘蛛網中匍匐前進，其艱難可知。陳瑞仁沒有能夠破尹清楓這個案子，我們都知道是非戰之罪。國家元首涉案怎麼會容易偵辦？總統或其家人如果真有罪行，可以想見國家機器反撲、阻攔辦案的力量（威脅或者利誘）會有多大。一旦辦出有罪結論，還可能被政治抹黑抹紅抹藍，指控他是政治陰謀的工具。

但反過來說，辦出沒有犯罪證據的結論能息眾人之怒嗎？倒扁陣營會相信司法獨立，而不會指控這是政治壓力導致的結論嗎？

嚴肅辦案的檢察官陳瑞仁，我已經看到他有為有守、不卑不亢的風格，做為他的朋友，我是替他感到驕傲的。但可以預見的典型台灣悲劇，我的朋友陳瑞仁是已經進入「英雄屠宰場」了，他最終的答案是此是彼，都將觸怒一半的國人，難以翻身。他的確應如他自己所說：「要有回家種田的打算了。」但陳瑞仁的父親是中學老師，已經早不種地，他竹山老家是否還有田地我是不知道的，可見這田地只能是「田園將荒蕪胡不歸」的田，不可能是可供務農的田了。

高中的時候我們讀義大利建國三傑的故事，看到伽里波底（Giuseppe Garibaldi, 1807-1882）在建國之後不受封祿，帶著一袋豆子飄然引去，兩人大受感動，相約將來若有所立，不要忘了自己的出身來歷，我們來時一無所有，走的時候也不必帶有雲彩。我們當中若有人眷戀塵緣，我們就寄豆子給他。

陳瑞仁，你做得很好，我沒有要寄豆子給你，但如果你想提早拿到豆子，請告訴我。

26 筍滾筍的滋味

距離大學聯考放榜的時間愈近，我們感受到的壓力愈大，連夏日盛暑的空氣中都瀰漫一股燒焦般的緊張氣味。雖然聯考成績單我們已經收到，考好考壞自己早有結論，但會被分發到什麼學校、科系，卻還沒有丁點兒消息，那種等待命運揭曉前的苦悶煎熬，著實令人難受。我們幾個高中畢業同學相邀到山區走一走，避開那個放榜時一翻兩瞪眼的驟死場面，一聲號召竟有十一個好朋友應約前來，一起出發到山裡頭去，可見大家都憋壞了。

我們的第一站，就來到台灣中部有名的森林名勝：溪頭。選擇溪頭作為出遊地的原因，一方面是嚮往它美麗林景的自然魅力；另一方面也是因為同學當中就有志明家住溪頭附近，可以地陪導遊兼食宿接待，這對我們這些阮囊羞澀的窮學生來說還蠻重要的；最後一個原因，則是我們都想去走一走當時很熱門的學生冒險路線，名氣響亮的「溪阿縱走」。

所謂的「溪阿縱走」，指的是一條從溪頭走到阿里山的登山路線，在那個交通不易的時代，這條通俗路線還算有一點難度，特別是從溪頭到溪底，以及來到林班登山口的交通。當時沒有車可以到達，最常見的交通手段是拜託伐木工人用卡車載你走無鋪設的林業道路到登山口，通常清晨四、五點就得摸黑出發，所以前一天必須先住在溪頭附近。入山之後，依你腳程的快慢，一般還必須再在山區裡走上十二、三個小時，一路上穿越的是人工林和原始林，行經樹草茂密的走道和山脈稜線，再走過一段載運木材的林道鐵軌，才能抵達阿里山，而你也已經從南投縣走到了嘉義縣境內。到了阿里山，通常時間也已近黃昏，你可能必須再投宿一夜，第二天看完阿里山聞名的雲海和日出，再乘阿里山鐵道火車下山。

到了溪頭，志明就來車站迎接我們，預備帶我們四處去逛逛；而班長阿仁來自竹山，對溪頭也很熟。兩個人帶著我們去吃了一個所費無幾卻滋味美好的大餐，最後還是志明付的錢請的客。鄉下餐廳沒什麼奇怪花樣，大部分的菜都是老實而熟悉的農家菜色，不外乎是豆干炒肉絲、炒高麗菜、菜舖煎蛋之類的，但有一道看似清澈平淡的湯，滋味鮮美無比，則是我們在其他村子裡從來沒見過的東西。阿仁說那叫做「筍滾筍」，是溪頭特有的菜色。原來溪頭人把曝曬醃漬的筍乾拿來和當日新掘的鮮筍同煮為湯，借筍乾的鹹襯托鮮筍的甜，本來是窮人無肉煮筍的替代，不料竟成為一種滋味無窮的鄉土菜餚。

竹筍本來就是甘鮮甜美的自然野味，在鄉下地方唾手可得，但料理竹筍時，煮、炒、燜、滷，或做湯，都需要一點豬肉增添它的鮮味，母親煮筍的時候總愛說一句「四腳行過就好食」，大概一方面是贊美豬肉（四腳）在料理提味時的神奇作用，一方面卻又感嘆窮人家肉食的得之不易。

一群高中生對溪頭的「筍滾筍」驚為美味，加上正是發育好動的年紀，胃口本來就大，同行的太三就是班上食量最大的同學，平日上學就得帶兩個便當，我們其他人也都是常感飢餓的餓鬼。我們一口氣吃掉了幾鍋飯，把所有的菜餚也一掃而空，連最後一滴湯汁也用來拌飯，通通不放過。

但我們真正的目的地不在遊人如織的溪頭，而在更深入、當時還未有鋪設道路可達的「溪底」（溪底現在已經新闢為「杉林溪底」的遊園區）。吃過飯後，我們一行人步行從山徑抵溪底，借宿在一間已經無人居住的工寮。工寮本來也是伐木工人工作居住之處，但後來林班移動，工人也隨著移居，不再住在這個廢棄的工寮了；在地的志明有地緣之便，借來了工寮棲身，連帶也讓我們使用寮中的廚具和棉被。

溪底還是完全無人跡的自然原始之地，木造鐵皮的工寮緊鄰一潭碧綠湖水，景色優美，我們大聲呼叫，空谷響起回音，也只是驚起一些飛鳥，無損於樹林中無邊的沉靜。同學中的啟泰是天賦異稟的男高音，每個週日在教會唱詩班裡都是扮演吃重的角色，此刻在森林中高唱聖歌，森林像是個巨大的共鳴箱，把他的聲音烘托得清亮高亢，音色飽滿，好像美聲歌王吉利（Beniamino Gigli, 1890-1957）一般，只是有幾隻烏鴉在樹梢頂上呱呱呱熱心地唱和著，讓我們忍不住發笑。那時候，一片的山嵐霧氣隨風輕輕飄下湖面，突然間霧失樓台與美景，我們就被籠罩在白茫茫之間，連彼此都看不見彼此了。

我們在水潭邊生火煮速食麵，跳到潭水裡打水仗，在石頭上聊天嬉戲。夜裡頭氣溫下降，刺骨的冷風從工寮縫隙吹進屋內，工寮裡透著濕氣的棉被顯然是不管用，我們一面瑟縮著取暖，一面笑鬧著開彼此的玩笑。但放榜的日子就在第二天，此刻我們在一個遠離文明、消息全無的地方，大家也盡量不想去提及這件事，但我們心頭上還是有沉沉的壓力揮之不去。

第二天，我們四點半摸黑冒冷起來，直接步行走到登山口，開始我們的「溪阿縱走」。開始時走的是卡車能通行的泥土大路，很快地就走進僅能通人的密林山徑，雜草有時比人還高，走在前面領頭的人就頗有披荊斬棘的感覺。不過天很快就亮了，每到轉彎處常有可眺望的山景，一路行走説笑，偶爾駐足看景，流汗中有山風吹拂，倒也覺得心曠神怡；但大家年紀輕，自恃腳程，貪圖速度，對美景不多流連，猶如將軍趕路一般。

我們找到一個視野開闊的空曠高處，停下來吃午飯。午飯是前一天在溪頭餐廳裡訂來的餐盒，很基本的台式便當，有大塊炸排骨和半個滷蛋，加上一點鹹菜和蘿蔔乾；在群山輕風之間，與朋友笑談之中，冷卻的餐盒也吃得津津有味。過午之後我們逐漸靠近阿里山，地勢轉為上坡路，開始有了體力的考驗。阿孝和啟泰前一段路過度亢奮，現在就有一點氣喘不過來的模樣。走到林道鐵路的時候，幾位同學已經累得笑不出來，幸虧痛苦撞牆的時間很短，那是最後一段路了，好像轉了彎，不覺阿里山已在眼前。

當晚我們投宿在阿里山一家旅館裡，大家睡在一個榻榻米通舖，本來説好都不去聽放榜的廣播，免得影響我們高中時期最後一起共同出遊的心情。夜裡頭我因為白天的體力消耗而沉沉睡去，睡到一半卻聽見收音機廣播的聲音，顯然有人是沉不住氣了。班長阿仁先是抗議了一下，但是很快地也沉默下來，安靜地加入傾聽，畢竟大家對這件「終身大事」是沒辦法完全瀟灑的。

廣播中報出一個一個名字，很快地我聽到自己的名字，雖然在廣播中也顯得不真實。

沒多久，又聽見連順的名字，他考得是比大家預期的出色；然後聽到阿仁的名字，雖然是不錯的排名，但以他的實力而言是考壞了；然後又聽到太三、啟泰和幾位同學的放榜唱名，他們都考壞了。名字一個一個唱過去，報到全部結束，志明和另外兩位朋友是完全沒聽到名字，他們是落榜了。

第二天起來，大家心情變得複雜了，本來是每天在一起的好朋友，如今要各奔前程，而且考試的結果有點把我們分裂為不同等級的人了。我們有點不知如何恭賀對方或安慰彼此，大家開了一點言不及義的玩笑，就坐火車下山了。一路上大家各懷心事，也意識到將來再要這樣出遊，大概是不容易了吧？

果然我們一別三十多年，其中幾位朋友是不曾再相見了。後來我進大學、入社會，再也得不到這樣忠誠無邪的朋友，我常常在夢中想到他們，以及那一場森林中的旅行。三十年後，我重遊溪頭，在餐廳中問起「筍滾筍」，老闆竟說沒聽過這是什麼菜。唉！一切都消逝了，我突然沒來由憎惡起這增添了許多水泥建築的溪頭。

27 難忘的書店——之一

有著捲曲栗色頭髮的白人男性店員猛地抬起頭，眼光銳利地穿過圓框眼鏡的鏡片，再穿過堆放在他面前櫃檯的二十多本書的縫隙，他眼球滾動打量了我一下，沉吟半晌，喉頭發出咕嚕咕嚕的聲音，腦筋可能正像硬碟一樣迅速轉動搜尋，突然間，彷彿追趕進度似的，他跳過打招呼寒暄客套，沒頭沒腦地開口了：「你每個月都有按時收到書訊嗎？」

這真是太神奇了，傑克，我真的不敢相信。我「上一次」來到這家書店買書的時候，就是由這位斯文白淨的年輕男店員為我結的帳，也是他問我有沒有興趣收到他們書店的每月書訊，並親自為我辦了登記手續，我還一度擔心他們不肯寄海外呢。這也是為什麼他現在劈頭就問我，是否按時都有收到書訊的緣故。問題是，那個「上一次」，是六年前的事！

什麼樣的一家書店，能讓它的店員六年後還記得偶然交會、立刻就彗星一樣消逝在夜空的一名遠方顧客？

當然我自己大概也太搶眼了，長髮披肩，東方面孔，戴著可笑的貝雷帽，還因為寒冬披披掛掛穿了大衣圍巾之類。那時候挑的書太多了，我狼狽地抱著書頂到下巴，艱難地把兩大落書滿滿堆在他面前，他笑了起來，我撲撲身上灰塵，對他眨眨眼說：「我可能還要挑一些。」

「慢慢來（Take your time）。」他吹了個口哨，好心情地說。

我又抓了不甘心遺漏的兩本精裝舊書，回到櫃檯結帳，當他振筆疾書，埋頭記錄那些書單時，我又插話說：「我需要一些幫忙，你們能幫我把這些書寄到台灣嗎？」

彷彿是理所當然，也彷彿是專業訓練的機器人，他也不問台灣是什麼或在哪裡，頭也不抬地說：「我們收實際的郵費再加五．五元的手續費，我必須先拿到裡面去秤一下重量。」

「費厄潑賴（fair play）。」我用了標準的推理小說迷的用語，當然，費厄潑賴是五四時代胡適們的翻譯。

沒有錯，我所在的地方，正是紐約市西五十六街一百二十八號、推理小說讀者心目中的聖地之一：神祕書店（The Mysterious Bookshop）。

這家書店由知名的推理小說理論家、評論家、藏書家、版本學家、出版人兼編輯人的奧圖・潘哲樂（Otto Penzler, 1942- ）所創辦並經營，是美國歷史最老、聲譽最隆的推理小說專門書店。我幾次去到書店都遇見潘哲樂本人，聲如洪鐘地君臨天下，指揮店員團團轉，他招牌式的矮胖身材和灰白頭髮很難錯認；事實上，他本人仍然住在同一個住址。

建築本身是一棟正面狹窄的磚造老房子（招牌隱而不顯，走在外面不小心就錯過了），牆外有生鐵鑄造的斜掛消防梯，層層疊疊蜿蜒上行（就像電影《西城故事》裡的那種）。屋內一樓是新舊並陳的平裝書區，二樓主要是整理得井然有序的精裝舊書，書店中央則有一座通往二樓的黑色鐵鑄旋轉樓梯，既醒目又超現實。推理小說迷當然知道這座樓梯除了懷舊美感之外，還是推理小說的精神標誌，指涉的正是美國推理小說開山女祖宗瑪麗・蘭哈特（Mary Roberts Rinehart, 1876-1958）的經典名作，書名就是《旋轉樓梯》（The Circular Staircase, 1908）。

為了尋找某些絕版推理小說，我多次來到這家書店，它的新書蒐羅齊備，很多冷僻的小出版社的書都找得到。舊書則整理得乾淨整潔，選書高明，版本則大多書況良好，價錢也比其他舊書店裡貴出許多；但店員知識豐富，幾乎都是推理行家，顧客有問必答。在它每月發行的書訊裡，每一位店員都有自己的推薦，也都能寫一小段評論文字，讀久了你就彷彿和某位丹（Dan）或莎莉（Sally）好像也是老朋友似的。

大概顧客裡的東方面孔不多，每次我去也都會受到一點關心的寒暄，大部分是客套地問：「你從日本來嗎？」（他們顯然也不是福爾摩斯，福爾摩斯第一次見到華生醫師就說，你從阿富汗來？把華生嚇了一大跳。）

我大致上也只淡淡回答：「不，我來自台灣。」也沒多透露自己的來歷。但上一次我鐵了心要大搬家，把許多想讀想蒐羅的書，一次都抱過來買單，這位店員就注意到這位出手大方的奇怪大戶了，結完帳後他問，有興趣每月收到他們的免費書訊嗎？我說我每次來都隨手拿了當月的書訊，但我猜想你們是不能免郵資寄海外的吧？

「我們可以寄的。」栗色頭髮的店員露出誠懇的表情：「給我你的資料，我幫你登錄。」

離開書店，回到遠方的國門，我並沒有期待什麼。書店店員果然信守諾言，每個月準時寄來薄薄幾十頁的黑白書訊，精彩的內容常讓我沉迷其中，它的訊息也讓我與推理小說的封閉世界有著持續的連繫，而店員們的名字每期出現，的確也帶來一種熟稔的錯覺。但世事倥傯，我的工作有了變化，紐約不再是工作的動線，而買書也大多改在網路上解決了。從上一次來到「神祕書店」之後，我竟然整整六年未再涉足紐約。

後來心血來潮，我重遊魂牽夢繫的高譚舊地，其中一個重要的想念，就是這家藏身都會一角、有著旋轉樓梯的昏暗書店。我進了書店，聽到店員和若干客人叫著小名，熱絡打招呼，他們彷彿彼此都相識，都屬於同一個俱樂部，只有我是一位來歷不明的陌生人。但這也不會讓我不自在，獨自海外旅行，我早已習慣做為一個「外人」。

在書架東翻西找，闊別多年，書店收藏的內容還是令人心動，我忍不住又挑了一些書，想到已經過重的行李，手上節制了些，最後我抱了二十幾本書，頂著下巴，慢慢走向櫃檯。櫃檯後坐著六年前同一位白種男性店員，捲曲的栗色頭髮，圓框的厚片眼鏡，下巴蓄著一小撮鬍子，唇上卻剃得光鮮，他臉上好像沒什麼時間走過的痕跡，六年前就像昨天一樣。

我把書落成兩落放在他面前，他猛地抬起頭，眼光銳利地穿過圓框眼鏡的鏡片，再穿過堆放在他面前櫃檯的書本縫隙，他瞇著眼一度顯得徬徨，彷彿失落什麼或搜尋什麼，最後他想起來，他省略所有的寒暄招呼，也不能叫出我的名字，只能鄭重地說：「每個月都有按時收到書訊嗎？」

你不可能忘記這樣的書店。

28 難忘的書店——之二

小鎮上有兩家書店，以人口規模來説算是多的，隔壁村子就連一家書店都沒有呢。兩家書店陳設布置十分相似，都是長長深進的店面。書架占去右邊一面牆，另一邊和中央則擺了貨架和玻璃櫥窗，賣的是一些文具和日用品。左前方有一個木製的結帳櫃檯，店面底部是薄木板隔間，老闆一家人就住在隔間後面，吃飯時候你會聽到木板後面傳來碗盤輕碰的聲音。木板隔間的牆壁上則掛著明星月曆，三月份的葛蘭正明眸皓齒地對著你微笑。

書架上的書本也大致相似，從第二棚架開始都是初中、高中的參考書，數學、英文最多，擺在最前面，然後是理化、生物，最後是一點國文參考書。再往下，你看到一整櫃高考、普考、特考的考試用書，然後還有半小櫃放著黃曆、算命、六法全書和字典辭典之類的工具書。只有第一架，最吸引我的目光，因為那是僅有的小說、世界文學名著和其他文藝書籍。

大部分看起來美麗醒目的書籍都是皇冠出版的，紅色的書背有著一個白色皇冠的標誌。其他的書還有出自文壇、拾穗之類的出版社。

那是六十年代的台灣鄉村，生活簡單美好，不用大腦（用大腦也是危險的事）。到了午後，太陽炙曬整個鎮上的街道，連柏油路都冒煙了，小販躲在樹下午睡，根本不理會盤旋在他的醃芭樂上的蒼蠅。總有幾個家庭在聽歌仔戲的廣播，哭腔的六字戲文像蒼蠅一樣盤旋在頭頂上，揮之不去。

我繞著鎮上走著，一切都太平常太無聊了，一個成長中有無數渴望的青少年，小鎮對他來說真的是太小了，他多麼想知道一點外面世界的事。然後走著走著，我又來到其中一家叫「三省堂」的書店，看著第一架花枝招展，和考試全然無關的書，嚥著口水，想像它們的內容。

每個標題都充滿著誘惑：《狂風沙》一套三冊，司馬中原著（連作者名字都不可思議地異國情調）；《鐵漿》，朱西甯著；《幾度夕陽紅》，瓊瑤著……。你不能從書名拼湊出整個故事來，你甚至不能想像它的故事是什麼時代、那種類型。

書名、作者名愈是神祕難解，就對我愈充滿吸引力。

但那也是匱乏的年代，我們上學、吃飯都成問題，看閒書更是不可企及的奢侈。我在家裡翻箱倒櫃，想找出一些讀物，我可以翻出大哥藏在櫃中的《三國演義》、《水滸傳》、《薛仁貴征東》、《薛丁山征西》、《羅通掃北》各種章回小說，但我和弟弟都看過好幾遍了，熟到彼此可以用小說對白說話了。弟弟會說：「買枝冰棒如何？口中都淡出鳥來。」

「好啊！」我不熱中地應著。

「但洒家缺少盤纏。」

「喔，那咱們去劫個生辰綱來。」

兄弟兩人帶著幾粒彈珠走出去，一個傍晚的廝殺，我把隔壁小孩的彈珠全贏了來，再用四毛錢賣還給他。冰棒一枝兩毛，兩支三毛，我們還有一毛錢剩餘。

到台中去讀書的姐姐則是另一個文化輸入來源，大姐突然帶回來一本《福爾摩斯探案全集》，厚厚一巨冊，上下兩欄，密密麻麻小字。我看的第一個故事是《赤髮盟》（The Adventure of Red-Headed League），看到紅髮老闆抄書的啞劇，覺得詭異莫名，再讀到福爾摩斯潛入地下，前方暗處有人影晃動，只覺血脈賁張，對偵探小說一下子就入迷了，四十年不能自拔。

二姐通勤台中更久，又是出了名的好學生，三省堂書店找上她。原來小鎮上的書店地處偏遠，規模也太小，像皇冠那樣的大出版社是不能把書送到鄉下的，它只送到台中的「中央書局」，小鎮上的書店得自己跑到台中去取回來。來回一趟即使是摩托車也頗耗費油錢和精神，書店老闆找上通學的好學生，拜託她下了課去大書店取回來。有什麼酬勞？那帶回來的書可以留在家中一晚，第二天清晨才拿到書店。

那是不得了的奢華了，過屠門而大嚼；二姐一本本書帶回來，晚上我霸著書本不放，不肯熄燈，躲在榻榻米的一角讀著，直到讀完或不支睡去。

有一天帶回來的是三大冊的《微曦》，馮馮的作品，恐怕是五十萬字的大河之作。我像禿鷹一樣攫住書，抱著不肯放。那是一個苦兒奮鬥記的故事，所有的不幸都恰巧發生在他身上，他一無所有，仍然在各種困難中爭取一切的學習。我看著他如何餓著肚子，自己也覺得跟著餓了起來。已經是晚上過十二點了，兄姐都睡著了，但我才看完上冊。

悽慘的故事持續進行著，頁數還那麼多，主角不可能死去，我繼續努力讀著，想知道主人翁究竟怎麼樣了，他會找到工作度過困難嗎？他想成為作家的願望會實現嗎？他住的那個破房子終究能得到修補而不再漏水嗎？

時間一點一點過去，書本一頁一頁翻過去，我開始著急起來，我知道天快亮了，天亮了魔術就要消失了，書本就要離開我了。書本回到書店的書架上，就和司馬中原的《狂風沙》一樣，對我是可望不可及了。

主角把房子修好了，工作也順利了，正當故事轉向順境的時候，一場突如其來的八七水災，把他的心血全淹了，房子又毀了，他的稿子也泡湯了。一個晚上未睡的我，不知是眼睛疲累，還是心感同戚，眼淚一下子氾濫了出來。

天已經微亮，隔壁房的姐姐已經起身，她乒乒乓乓地準備著，很快她就要帶著書本出門了。我還有下冊的半本要看，主角也還有整個房子和寫作生涯要重建，我流著淚，眼睛酸澀難耐，快速翻著書本，故事也快速進行，主角意志堅定地和環境奮鬥，他當然重建了房子，幫助了弟妹，他的名山大作也完成了，出版社傳來接受稿件的佳音，他抬頭遠望，天空透出一點亮光，點出書名：《微曦》。

微曦之中，二姐氣鼓鼓地從我手中把書搶去：「我來不及了啦！」

那是我懷念的一家伴我度過青春歲月的書店，但它從來不知道有我這樣不付錢的讀者存在。

29 難忘的書店——之三

火車要到半夜十二點才出發，但大街上早已空無一人。在此之前我們真的無處可去，只好來到同學黃某租屋的住處，小房間裡擺有一張上下舖的雙層床，加上兩張書桌，椅子上掛著制服外套，桌上散亂地堆滿參考書籍，顯得侷促擁擠不堪，卻也透露出住宿者的身份是學生無疑。

無地容身的小房間裡也是無事可做，我坐在桌前翻看黃的室友的書本，張則打起桌上那罐奶粉的主意。那還是飢餓的年代，還在發育的我們經常口渴，而且永遠飢餓。打籃球的張身材鶴立雞群，吃喝也異於常人，他拿了一個大玻璃杯，一口氣從大奶粉罐裡舀了八匙奶粉，泡了超大杯的牛奶，一飲而盡。幾天之後，我們回到學校，我看到黃的室友在校園裡四處追殺張，他說喝他的牛奶是小事，但他不能原諒有人一次用掉他八匙奶粉。而多年之後，出了社會的張某，夜宴酬酢之際端起大杯啤酒仰頭乾杯的場面，總讓我沒來由又想起那個喝牛奶的夜晚。

這些只是插曲，我們有更重要的行動。很快地我們又回到台中火車站，已近半夜的車站仍然人聲鼎沸，只是氣氛詭異，好像換了一批演員。白天面貌平凡、衣著保守的旅客少了，登場的是另一種族類，穿著花襯衫白褲子白皮鞋的三七仔忙進忙出，濃妝豔抹的女人神情落寞地坐在角落抽菸，另有皮膚黝黑、輪廓幽深的乘客帶著大包小包，彷若正在搬家一樣……。但我們心情不受影響，興奮中帶了一點刺激感和罪惡感，我們三個守口如瓶的高中生，正要逃家出走，預備前往我們從未曾去過的台南。

我們是一群高中校刊的編輯，才十七、八歲，我指的當然是很久的，呃，三十三年前，世界離我們很遠，台灣還很安靜無知的時候。這三位高中生剛剛編完校刊，靠著寫了大量的稿子領到一筆小財富，正想拿這些稿費來做點什麼轟轟烈烈的壯舉，我提議說：

「我們去台南吧。」

為什麼是台南？

那是為了一家傳說中的書店的緣故。

那是七十年代初啟的時候，台灣的書店景觀裡還沒有金石堂、誠品這樣響噹噹的名字。我居住成長的鄉下，不用說，書店只有兩家，賣的書更是少得可憐。等我來到鄰近的大城台中讀書，書店的數量和書店裡的書種已經讓我大開眼界。

有的書店以書價低廉出名，我常愛去的一家書種齊全又常常打折的書店，名叫「汗牛書店」，雖然多半時候我也還是買不起這些打折的圖書，但站在這樣的書店看書，總覺得離擁有某些書的夢想近一點。

有的書店則以陳列特殊來源的書種讓我流連忘返，像是一家在二樓陳列有大量台灣商務印書館復刻版圖書的「中央書局」，可能是中部地區最好的書店，我在這裡沉迷於當時還生機勃勃的《人人文庫》，書種的選題既多且廣，有許多怪異的主題與內容。書價不但便宜，還有一種稱為基本定價的特殊定價方法（譬如基本定價一元，書店如果乘以十八倍就賣十八元，書價上漲時無需重新標價，只要把基價倍數改為二十倍即可），《人人文庫》還有單號、雙號、特號之類的定價方法，只看號數即知價格，現在回想起來，充滿懷舊的趣味。

但位於台南的「南一書局」才是愛書人傳說中台灣最好的書店，書種壯觀多元，令人如入寶山。很多年後，我已經成為圖書出版行業裡的一員，很多我的老前輩還念念不忘這家昔日台灣最好的書店。他們說，只要有任何個人或出版社出版一本新書，「南一書局」就會來信至少請購一本，因為他們希望書店裡擁有台灣所有的書，而不只是販賣固定往來出版社的圖書。他們又說，他們到全省各地書店去收帳，常常痛苦不堪，書店主人似乎有著數不清的賴帳或延帳的花樣（會計小姐懷孕無法對帳、老闆車禍住院暫時無法清帳之類的），只有到了「南一書局」，帳目已經清理了，帳款永遠已經為你準備妥當，誠實而禮貌地為你奉上，如果你無法親自前往，他們還主動為你寄來，讓擔任業務的工作者感動莫名。

半夜的平快車搖搖晃晃出發了，漆漆恰恰的火車穿過山區往嘉南平原駛去，暗藍色的清澈星空掩覆著大片沉睡的農田和人家，車內燈光昏暗，大部分的旅客滿臉倦容披著外衣入睡，電線桿一根根快速地倒退，我的兩位朋友也入睡了，只有第一次逃家出門的我無法成眠，看著遠方一叢叢竹子和一庄庄農舍的黑影發呆。

我們大約是在早晨六點鐘到了台南，天色已經開始亮了，荒涼的街上也開始有些人蹤，但書店要到九點鐘才開門，我們只好呆坐在車站門口等候。雖然折騰一夜，也感到飢餓，路旁的豆漿店傳來的香氣讓我們嚥著口水，但我們緊握著手上僅有的財富，捨不得用在別途，這些錢是要用來在「南一書局」買書的，而寶山已在眼前。

好不容易等到九點鐘書店開門，書店店面很深，書架既高且重，數量驚人的各類書種像圖書館一樣層層相疊，並且分類整理得井井有條，一大早來看書找書的顧客已經陸續流入，而男女店員都穿著整潔的制服，在那個「前誠品時代」是前所未見的景觀了。我很快埋進了書堆大海，完全沒感覺到同伴的存在，他們大概也都在尋找他們心儀嚮往的書種吧？書店裡的確有許多其他書店看不到的書，特別是那些有著冷僻但迷人的題目的、翻譯自不明外文的，或者是像彩印畫冊類的高價精美圖書，都讓一位來自貧乏之地的渴求者感到眼界大開。

我像是一隻誤闖入了物資豐美的花果山的猴子，在書店裡鑽來鑽去，每本書都被我拿下來摩娑一番，聞聞紙張的香氣，讀讀它的目錄，試試它的觸感，無限柔情地想像擁有它的感覺。但我渴望擁有的書太多了，即使此刻相對富有的我，也只有能力買得起其中很小的部分。時間流逝，不知何時我的同伴已經回來我的身旁，從他們手上的提袋我知道他們都已經完成了購書之旅，就剩下我了。

這一刻我正站在藝術類圖書書架的面前，我只好伸手取下了陳敦化寫的《平面設計》，一本關於包浩斯（Bauhaus）運動的書，一本講現代藝術史的翻譯書，可能還有另一本藝術理論的書，我已經不能清楚記憶了。莫名所以的，結帳之前我衝動地又回到宗教哲學類的書架上拿下一本名叫《獻身與領導》的書，這個動作和這本小書後來影響我很深，生命軌道從此轉彎了，但那個故事說來話長，這裡不能說了。而那本書的譯者單國璽，後來在一九九八年成為天主教會的樞機主教，在香港教區主教陳日君今年三月晉升樞機之前，單國璽是全世界唯一的華人樞機主教。

書本買了，錢也花得差不多了，我們的朝聖之旅是該結束了。我突然想起我那位唸大學的姐姐就在台南，與書店可能只是咫尺之遙，她曾是我愛好文學親近藝術的啟蒙者，我們似乎可以去投靠她，延長我們冒險出走的旅行，或許還有其他有趣的事會發生。但我究竟該如何向她解釋逃家不告而別這件事？

30 難忘的書店——之四

我曾經有一位詩人上司，年少時是追隨蔣介石國民政府流亡台灣的小兵。熱愛文學的小兵來自河南鄉下，不曾見過世界，也不曾想像海洋。渡海來台時只聽說台灣是個小島，在基隆港下船上了岸，在雜沓的逃難人群中，他還特意踮起腳尖遠眺，想看看小島的另一邊在哪裡。

他自嘲地對也還很年輕的我說這個土包子放洋記的故事，一方面是想對照襯托他後來行遍世界的生涯奇遇，一方面也許是想勉勵我這個小徒弟：「嘿，看哪，即使昔日土包子如我，後來都能行走天涯，揚文名於世界，你們這些有幸讀了很多書的後生晚輩，更不該妄自菲薄……。」

他的故事我是明白的。儘管台灣是一個島，四面環著海，從地圖上看，正中央連綿不盡的廣大山脈也只距離大海兩公分，彷彿伸手就可觸及。但真實的台灣並不小，如今這個小島不僅摩肩擦踵地蟄居著兩千三百萬人，還擁有登山者心嚮往之的一百座超過三千公尺高山（號稱「台灣百岳」），但百岳的選擇以山形奇險峻秀為主，真正超過三千公尺的山峰只有九十九座）。

我自己就成長在完全接觸不到海洋的山城縣份，身旁包圍的是稻田、菜圃、果園和養鴨的池塘，抬起頭則看見山嵐飄忽、水墨暈染的青色遠山。少年的我夢想要瞻望世界，也曾經踮腳尖伸長脖子無數次，不但看不到海洋，連我的視線想要越過國小操場，窺見同學王小美家的後院，也還看不到呢。

青少年的初中時期，學校開始上英文課，我似乎覺得這蟹行橫書、音調奇特的新語言，隱藏著開啟遠方神祕之門的允諾，可以讓我真正踮高腳尖，探望我屢屢想見的海洋，以及從它延伸出去的彩色大世界。我很想多看一點寫有英語文字的書類，但在封閉時代的窮鄉僻壤，到哪裡尋找貨真價實的洋文書呢？

我在家裡翻箱倒櫃，先是找出一些附近教會拿回來的英文耶誕卡片。西方人把用過不要的耶誕卡片捐出來，傳教士把它們帶到遠方，當作小禮物送給僻地的小孩子，誘引他們對教堂發生興趣。我手上有好多張我很寶貝珍惜的彩印鑲金的西方耶誕卡，它們都有令人喜愛的美麗圖案，有的畫著紅衣的耶誕老人和他的麋鹿雪橇；有的畫著嬰兒耶穌誕生在馬槽裡，旁邊還跪拜著來祝福並獻禮的東方三博士；還有的畫的是平靜的西式房舍，沉睡在一片潔白祥和的雪景裡……。

這些圖案當然給了我對西方世界的許多想像，特別是那種睡在雪景裡的洋房，如果美國人真的住在這樣的房子裡，那他們一定是住在天堂。但這些卡片裡的英文太少了，寫來寫去都是一些Merry Christmas, Seasonal Greetings, Best Wishes，其他就沒有了。因為這些都是用過的舊卡片，有時候也有未裁剪的書寫文字，上款可能用鋼筆寫的是Dear Mom或Mr. and Mrs. Brown之類的字樣，好像也沒有更多神祕知識的線索。

我又從家中的櫃子裡翻出一本英文版的湯瑪士．曼（Thomas Mann, 1875-1955）的《魔山》（The Magic Mountain, 1924），這一本精裝英文版鉅作為什麼會出現在我們家的櫃子裡（顯然當時我們家裡沒有人能讀它，更無從擁有它），至今仍是一個謎，也許是某一位父親的客人留下來的。父親交往許多不平凡的友人，有的人會從遠方來看他，有時候會帶來一些神奇的禮物，也有的朋友會住下來幾天，有時候會留下一些忘了的隨身之物。

卡片上的文字對我來說不夠用，但《魔山》這本書對初中一年級的我又太難了。我真正能假想自己對英文所做的努力，還是在家中大聲朗誦英語課本的課文："Sitting on a bench in the Park..."，我英文老師的日本腔發音顯然影響了我，在台中讀書的姐姐立刻用嘖嘖聲，對我的怪腔怪調發出不能苟同的斥責。

有一次，也是從教會裡的同學那裡，拿到一本由澳洲一個教會組織發行的傳教刊物叫《信仰》（Faith），薄薄三、四十頁，內容大致上都是闡述聖經教義，或者是某些基督徒生命體悟的故事，英文平易淺顯，又有彩色插圖，我一面查字典覺得可以看懂，花了好幾天把它看完，心裡感到很興奮。讀到書末的版權頁，我又看到一個天大的福音，它說這雜誌免費贈送給想閱讀的人，你只要寫信來我們就送你一份。

真有這樣的好事？我鼓足了勇氣，到郵局買了一張海外空郵郵簡，生平第一次寫了一封幼稚可笑的英文信，從Dear Sirs開始，到最後的Sincerely yours，寫得戰戰兢兢，如履薄冰，又怕被兄姐識破。索取信寄出之後，我耐心一天一天算著日子，最後在兩個月後的某一天，我終於收到寄來的雜誌。我聞著那來自遠方新鮮油墨的香氣，小心翼翼地翻讀著每一頁，故事或圖片對我並不重要，重要的是那一個個英文句子，叮叮噹噹響著另一種聲響，散發一種異國氣息，我彷彿穿透了山城周圍禁錮著我的群山，踮腳望見了遙遠的海洋。

那本雜誌一寄五、六年，等我長大來到台北讀書，英文書不再困難了，不說大學裡的圖書館有著汪洋一樣的眾多英文圖書，任你摩娑採擷，學校附近還有翻印英文教科書的書店，台北外國人出沒的中山北路則有一整條街翻印英文暢銷書的盜版書店，只要少吃一頓飯存一點錢，你是可以找到許多英文書了。

可是看見的書愈多，卻帶來愈多不滿足。一本書引領你知道更多書，我不可避免會在一本書裡讀到許多另一本書的消息，可能是作者提到它，或者在作者介紹裡知道了作者曾經寫過別本書；或者一本平裝書的背後，列了同系列出版的許多書種；這些愈來愈多的訊息，讓我知道，我找不到的書是比以前多太多了。以前我是沒有書可讀，如今我卻知道還有哪本書我不曾遇見，有了明確的對象，那種相思是更嚴重了。

這個時候，我知道我的困難是台灣本身的封閉了，也許只有離開海島，才是窺見世界更好的辦法。我的第一個國外英文書店是香港的「辰衝書店」，香港的英文書進口比台灣歷史悠久，識貨的內行人也多，有好的英文書店並不奇怪，我在尖沙咀樂道的「辰衝書店」總店找到許多社會科學、文學歷史的好書，都是當時台灣不易見的（但這個優勢香港現在似乎是逐漸失去了）。

不久之後，我在日本神田書店街上找到另一家英文書店「北澤書店」（Kitazawa

Shoten），發現它比香港的「辰衡書店」更符合我的期望。它不僅賣新書，也賣舊書，更有許多後來即使我在英美書店也難得看見的文史理論書，書架編目分類也頗為嚴謹，書店的工作者顯然是書目知識淵博之人，選書精良的高明眼光也令人佩服。我每次在神田狩書，從靖國通一路向西，逛到北澤書店就停住了，再也走不了，就算走出門，手上沉重的收穫也讓我沒辦法再逛了。

再後來，我當然就直接走到英語世界的書籍世界之中，在紐約或倫敦的各色書店裡徜徉。但在那樣的時刻來臨時，我不能不感謝像「辰衡書店」和「北澤書店」這種下一個世界的代理者或啟蒙者，它們是一個台灣鄉村小孩踮起腳尖時，望見的第一片海洋。

31 我最喜歡的書店——之一

有朋友問我，這麼多年來你跑到世界各地的書店去找書，那你最喜歡的書店是哪一家？

我發現這不是容易回答的問題，任性、雜食的買書人通常花心而且博愛，他們可能因為不同的理由同時喜歡許多書店。有的書店因為陽光明亮充足，進門之際就有好心情；有的書店因為藏書豐富，登門如入寶山；有的書店選書冷僻詭異，瀏覽書架彷若天啟；有的書店因為店東迷人，造訪書店像是探望老友；有的書店通宵營業，深夜尋芳別有夜店之趣。而有的書店受人喜愛的理由甚至可以和書籍不太相關，譬如你如果來到倫敦諾丁丘（Notting Hill）著名的「廚師書店」（Books for Cooks），你的第一印象不是琳琅滿目的美食書籍，而是書店後方傳來的陣陣咖啡與麵包的香氣，這是一個書店裡的展示中心，每天有三道菜的美食午餐供應，其他時間也有咖啡與糕餅；這又是名廚新書發表的場地，名廚發表新書，乾脆直接動手做給你吃，難道還要多費唇舌來「講」嗎？這眾多踏入書店的「理由」，若要我只能挑一家，心理上總覺得左右為難。

但如果你要我挑一個最喜歡的「買書城市」，我倒是胸有定見。我會說，倫敦是全世界最迷人的買書城市。

當我這樣說的時候，可能某些紐約或東京的愛書擁護者會感到不能同意，特別是那些曾經留學日本、流連過神保町舊書街的東京遊子，他們根本無法相信世界上有比東京更好的買書之地（的確，你到哪裡去找一個比神保町更集中、更豐富的「本屋町」？）。但是，在我有限見識的偏見裡，英文書累積的質與量更勝於日文書（沒有對任何其他語言不敬的意思，只是英語世界實在是太可觀了），而英國書店獨特的素質和氣質，以及分工之細膩，在我的經驗裡，都是舉世無雙的。

話說在那個還沒有網路讓你悠遊書海的時代，買書的人常常得要天涯海角去尋找一本他心中的書籍，這個時候，一定有某種力量會把他帶來倫敦。

二十年前，我也是以同樣的理由來到倫敦。那時候，我心中有一些渴望搜尋的書籍，我剛剛對「旅行」這個題目感到興趣，我本來覺得我讀的旅行文學是夠多的，甚至不自量力想要寫一本關於「旅行的形上學」的書，只是意識到也許可以再對旅行史下點工夫，再補充一點論據，因而又展開一些資料蒐集的工作。沒想到，每一本書都指向很多書，每一條線索也都指向另外一條線索，我發現「該讀的書」實在太多了。埋頭找書，一找就是二十年過去，原來想寫的書也完全變成另一個面貌了。

這些值得再找來讀的書有很多都是百年前出版的，早已絕版於市面；我偏居台灣孤島，很多書無緣找到。好在我有一位圖書館姐姐，她當時正在美國讀博士，有些書就拜託她通過「館際交換」的方式幫我借出，再經過「分次影印」，讓我有機會一睹廬山真面目。但對愛書人而言，一本影印來的書，終究不如擁有一冊老老實實印刷裝訂的書來得心裡踏實；我心中也忍不住懷藏著一份「必得書單」，希望有一天能在某地得見芳蹤。

懷著這樣一份祕密書單，每到一地，我就到新舊書店去碰碰運氣（新書店是希望有時候遇見某些舊書有新版的機會，舊書店就是希望遇見昔日出版流通的某個版本），陸陸續續也蒐集到了一些，然後我就來到了倫敦。倫敦最有名的旅行書專門店當然就是「史坦福書店」（Stanford's），我第一站來到史坦福，只見四層樓面滿滿放著旅遊指南和地圖，這真是足以激起浪遊四方熱情的去處，你不斷聽見尋書者正在詢問店員某一個特殊旅行地點的相關資料，而我也聽到識見不凡的店員正耐心向顧客解釋：「旅遊指南的合適與否要看您的旅行方式，如果您是一切自己來的背包客，我誠心建議您採用這本……。」

儘管書店庫藏美不勝收，但這不是此刻我想要找的書店，史坦福書店關於旅行文學的收藏僅限於一樓的左廂，而且全部只選新書，對於我這種專找「死人作者」的考古癖並不合用。但我在店中找到一本書叫做《倫敦的書店》（The Bookshops of London: The Comprehensive Guide for Book Lovers in and around the Capital），這本書原來是大英圖書館出版的，我原有的書被朋友借走，一去無回，如今我手邊的版本是一九九九年的新版，改由Mainstream Publishing出版），書中分門別類對倫敦及近郊各家書店做了詳盡的介紹，對企圖在倫敦書海中漫遊的人非常好用（日本東京也有一本名叫《東京書地圖》的書店指南書，對東京大小書店都有解說，更附地圖，極為好用，我已經買過至少五個版本了）。

這本書店指南把我帶到一家小書店叫「旅行者書店」（Travellers' Bookstore），這家如今已經不在的書店位於西肅庭（Cecil Court），一條迷人的步行小街道，離大書街查令十字路（Charing Cross Road）不遠，兩旁滿滿都是古董店和古書店。我沿著窄小的木造樓梯爬上二樓，進門赫然看見當時絕版多時的斯文・赫定（Sven Hedin, 1865-1952）的《我的探險生涯》（My Life as an Explorer, 1925）的復刻版就擺在平台最顯著之處。

它與眾不同的庫藏與選書，讓我一下子就相信我來到正確的尋書之地。書店除了我並無其他顧客，我很難不和站在櫃檯後面頂著大蓬頭的年輕女經理四目相視（加上眼鏡，我們算是八目對望了），我和她打了個招呼。這位穿著有點像三毛、帶著流浪氣質的看店小姐露出輕鬆的笑容說：「我讓你自己瀏覽，但如果你需要任何幫忙，隨時告訴我一聲。」

我在擁擠的書架中鑽進鑽出，這家旅行文學的專門書店，果然新書舊書並陳，熱門冷門兼收，數量與種類都多到令人驚奇。我的確找到書單當中的幾本書，還選了若干我本來不知道的一些其他旅行敘述。當我把一疊高高低低的書抱到櫃檯結帳，女經理吐了一下舌頭，輕呼說：「老天爺，你是世界哪個角落來的？」我苦笑說：「一個不容易找到書的地方，難得看到這些書，忍不住都想買，我還想問你書店賣不賣呢。」

「你如果想要，我就賣給你。開個旅行書店的缺點就是，你從此沒時間去旅行了。」她也開起了玩笑。

結了帳，我又說我正在旅行，帶書不便，拜託她幫我寄書，她抱著一堆書進到小房間去秤重量，再鑽出來告訴我郵資，還加上一句：「我們不收處理手續費。」我向她道謝，又把口袋裡的書單拿出來，問她：「你知道我有可能在什麼地方找到這些書嗎？」

女經理看著書單，說：「哇，這是什麼？你要寫一部旅行探險史嗎？」她開始細數其中的書目：「這本書我見過的，也經手過幾本，最近沒見到蹤影；這一本書當年印得很多，也許你多跑幾家有機會遇見；哇，你書單中竟然也有這本，好傢伙，這可難找了，大英博物館旁邊有家賣罕本的古書店也許可以問得到，但他們可能會向你開口要兩百英鎊……。」

我知道我是碰到行家了。我說，不然這樣，莎拉，我可以叫你莎拉嗎？我把這份書單留下來給你，別擔心，我還有一份，我也不著急，如果你們書店收購書的時候，恰巧看見書單上的任何書，任何書，你都幫我留下來，請你給我一封信，告訴我價格和運費，我把錢寄來，你就把書給我，這樣可好？……」

32 我最喜歡的書店——之二

我提議把我手中想尋找絕版書的那張書單交給舊書店，如果他們在收購舊書的過程中發現其中的書，就寫信報價給我，我會盡力去買。

「成交。」名叫莎拉的女經理接過書單，一面笑嘻嘻地說：「我很樂意有你這位顧客。」我也充滿豐收心情離開這家位居倫敦僻靜之處的「旅行者書店」。

回到台灣不久，書店的莎拉就捎來好消息：「我們最近收到一部二手的查爾斯·道諦（Charles Doughty, 1843-1926）的《古沙國遊記》（Travels in Arabia Deserta, 1888），一九三七年蘭登書屋（Random House）的版本，精裝上下兩冊，總頁數超過千頁，書前有「阿拉伯的勞倫斯」（T. E. Lawrence, aka Lawrence of Arabia, 1888-1935）的序言，書況絕佳，而且，好消息，書價只要十英鎊，但連同運費我得要收你十五英鎊，你意下如何？」

我回傳真說：「非常感激，十五英鎊簡直就像偷到一樣。我隨信附上匯票一紙，收到後請即寄書給我。又及，書單上其他的書也請費心……。」

書店陸續找到若干我要的書，我也陸續開列了新增的書單，這樣一來一往，不知寒暑，轉眼竟過了十年。十年間，每次收到書店的來信，都讓我對他們的專業知識與服務熱忱感到佩服，找到的書大抵書況良好，而所報的價格更是合理至極，我的經驗簡直就和寫《查令十字路84號》（84, Charing Cross Road）的海蓮・漢芙（Helene Hanff, 1916-1997）是一樣的了。

但在九十年代末的某一天，莎拉給我來信說：「在這樣萬物價騰的時代，特別是不可忍受的房租，經營這樣一家特殊興趣的舊書店看起來是有點荒謬了，我很遺憾地要告訴您，下個月我們要關門了……，」她又說：「也許未來我們會改用郵購服務或網路書店的方式繼續經營，但那目前也只是個也許，我們手頭上並無具體的計畫……。」

幾年後我又來到倫敦，信步再走到西肅庭，「旅行者書店」已經換了另一個店招，小街道兩旁的舊書店也慢慢都變成賣珍本罕本的古董書店，那是收藏者的世界，不再是讀書人的地方了。像一切我曾擁有的美好事物一樣，這家曾經對我有特殊情誼的書店也是永遠失去了。

但回到八十年代，就在我依賴指南書《倫敦的書店》找到「旅行者書店」的同一次旅行，我還按圖索驥找上另一家書店，找上它的原因也是指南書把它歸到旅行書類書店。這家位於高級住宅區梅爾本上街（Marylebone High Street）的書店，名叫「但特書店」（Daunt Books），書店還加了一個標語說：「為旅行者而設的書店。」（A Bookstore for Travellers.）

這是氣氛很迷人的一家書店，建築物本身是愛德華時代建物，古雅細緻，格局是深長的直條形，兩旁是深棕色木造書架，並有樓梯走上建於兩旁的半樓，半樓形成兩條走廊，也滿布書架，中央屋頂高聳，房間最底端有透光的鑲嵌玻璃，乍看來像是縮小版的愛德華時代火車站。

雖自稱是「旅行者書店」，但它其實是小說、歷史、食譜一應俱全的，書店前端是精選的新書，從文學圖書來看，選書品味頗不凡；書店後端和半樓走廊，則是按國家別把文學、非文學、旅行指南、旅行文學和食譜治於一爐。這倒是我不曾看過的圖書分類方法，可是又讓我覺得合情入理。書店底端採光最明亮之處，有一方兒童書專區，又有一區旅行文學的二手書。

我在舊書區瀏覽一遍，發現庫藏不如西畫庭的「旅行者書店」；但是在國別區裡，那種一次可以窺見一個國家或地區的文學、文化與旅行的書籍匯集方法，卻讓我流連忘返。在這次書店邂逅之前，我才有過一個編書的夢想，想的是非常相似的概念。

八十年代，我還是一位比較年輕、熱情、樂觀、尚未變得世故的編輯人，腦中有無數的編輯計畫相互激盪。常常我在咖啡店坐下來，連端來的熱咖啡都尚未沾唇，許多編輯構想就從意識中泉湧而出，這時候我必須拿出筆記本振筆疾書，否則這些構想稍縱即逝，或者被其他新湧出的念頭掩蓋，我就再也找不回來了。

譬如我坐下來，一個念頭跑出來，我想：「也許我可以挑選歷來談人類做夢的十本最重要的也最好看的著作編為一輯，當然應該從佛洛伊德（Sigmund Freud, 1856-1939）開始，加上榮格（Carl Jung, 1875-1961），一路曲折來到霍爾（Calvin Hall, 1909-1985），我也許可以叫它《做夢十書》。」做夢十書，或者叫它"Ten Books on Dream"，這可以是一個有趣的題目。但有了這個題目，你就很容易繼續聯想，如果有《做夢十書》，那我們為什麼不來編《戰爭十書》（Ten Books on War）呢？為什麼不可以有《愛情十書》（Ten Books on Love）呢？或者為什麼不是《金錢十書》（Ten Books on Money）、《哲學十書》（Ten Books on Philosophy）、《死亡十書》（Ten Books on Death）、《上帝十書》（Ten Books on God）、《國家十書》（Ten Books on Nation）……？名單愈列愈長，最後竟成了一個《十書系列》（Ten Books Series）；有些書單我能立刻開列，有的書單我得就教他人，但那是後續工作了。

又有一次，我坐下來，想到現在市面上的旅遊指南只有地理面向，缺少一種「整體性」（holistic）的感受，也許旅行一個國家，我們需要一種比較豐富複雜的閱讀內容，我想：「也許我可以來為每一個旅行地編一個小叢書，譬如編一個《渴慕義大利》叢書……」《渴慕義大利》（Desiring Italy），這本來是某一本書的名字，被我借來編一個小叢書，我希望在叢書中，有一本代表性的義大利詩集、一本義大利小説、一本歷史作品、一本食譜、一本旅遊指南，如果還能附上一部電影影碟（當時想的是錄影帶）、一張音樂CD，這一個義大利遠比一本導遊來得立體，也讓人真心喜愛義大利的文化。這樣一個小叢書的概念，你很快也可以把它延伸為《渴慕法蘭西》（Desiring France）、《渴慕西班牙》、《渴慕葡萄牙》、《渴慕希臘》、《渴慕墨西哥》、《渴慕印度尼西亞》；你也可以縮小範圍到地區，譬如《渴慕峇里島》、《渴慕果亞》；或者是城市，《渴慕威尼斯》、《渴慕維也納》等等，這份名單一樣沒完沒了，也成了一種《渴慕系列》。

這些念頭當然沒有成真，你並未在市面上看到這些叢書；但也有一些念頭後來我是付諸實現的，譬如各位在書市上看到的《謀殺專門店》、《探險與旅行經典文庫》，或者

《十大間諜小說》。我坐在咖啡店裡的那些胡思亂想，有的是有現實世界的「殺傷力」的，「阿拉伯的勞倫斯」豈不是說過：「要小心那些白日做夢的人，因為他們真的會去做……」

但此刻在我面前，「但特書店」的書架，儼然是我心目中活生生的《渴慕系列》，關於義大利的各類圖書有一整面牆，佛羅倫斯就占了兩層書架，就連威尼斯也有一層半，它不用再費力編輯了，僅僅是把世界原有的書用一種全新的概念排列起來，就完成了這個圖像。

那一次，我沒有在「但特書店」找到許多我要的書，可是它的形象在我心中盤旋不去。後來每次再訪倫敦，我不由自主地，都想到但特書店走走，浸淫在那些國別的書架之前，通過它，讓我認識一些冷僻國度的作家與作品，認識它們和我自己國家一樣多災多難的歷史，通過食譜讓我想像那些也許一輩子也難以嘗到的美食與文化，翻一翻那些國家的語言書，想像有一天能夠使用那個語言。「世界苦多，人生苦短」，這樣的描述此刻如此貼切，你不由得相信這是一個更好的書店書架安排。

如果我不能一次喜歡很多書店，我願意說，「但特書店」是我最喜歡的書店。

33 有咖啡的生活——之一

那是一個平凡而陰溼昏暗的冬日早上，空氣冷冽，行人稀少。在德國曼因斯（Mainz）小鎮的教堂旁廣場上，太陽突然破雲而出，本來暗淡冷清的廣場一角剎那間充滿了金色的溫暖，教堂的尖頂和十字架也圖畫一般投影在黃澄澄的廣場地上。廣場邊上的咖啡店裡，穿著制服和圍裙的男侍者好像瞬間有了精神，他輕快地走出來，吹著口哨把本來倒放在桌上的棕色椅子一張張拿下擺好，路邊的咖啡座立刻有了一種敞臂邀請的誘人姿勢，而座位旁本來瑟縮的盆花也在陽光的輕撫下有了燦爛明亮的色彩和表情。

一位兩眼惺忪、縮著脖子、抽著菸、無精打采走在路上的少婦，穿著長及腳踝的暗紅色大衣，拖著一隻有輪子的空菜籃，本來大概是要去買菜的吧？當她看到陽光在廣場帶來的舞蹈氣氛，心情忽然也開朗起來，她立刻在路邊咖啡座選了一個灑滿陽光的座位坐下來，點了一杯咖啡，男侍者也帶著輕快的腳步和輕佻的言語，為她端上了一杯又黑又濃的咖啡，又在一旁擺上牛奶和糖罐，咖啡杯上冒起裊裊的白煙，而香氣也立刻就充滿了陽光明媚的廣場一角。

在一旁有一位異鄉人，無意間看見突然變得生氣勃勃的這一切，對陽光所帶來的快速而巨大的改變感到驚奇。他來自每天陽光氾濫成災的亞熱帶國家，女人們甚至習慣打著洋傘遮蔽太陽，大家也習慣盡量避開與強烈陽光相見，躲到樹蔭或室內，他從來不知道陽光可以引發那麼明顯的生之慾望。

看到這裡，你們當然已經知道，那位異鄉人就是年輕時期的我了。我想也不用在這裡詳述，我為什麼挑這種時候來到這樣一個地方，卻又無所事事。總之，在陽光灑下廣場的那時，我若有所悟的，或者說，有點受到鼓舞的，我也暫時停下原來的計畫，挑了一個曬著太陽的座位坐下來，點了一杯咖啡，享受這個德國冬日上午突如其來的溫暖太陽。

我其實不習慣什麼事都不做，我來自暈眩忙碌的發展中國家，每一天都像雲霄飛車一樣瘋狂地上下奔馳。對我而言，什麼都不做，好像是一種生活上不可原諒的奢侈。現在就這樣靜靜地坐著，啜飲著熱騰騰的咖啡（並不是怎麼了不起的香郁，卻又是那麼滋味動人），曬著太陽（也不是怎樣了不起的溫暖，卻又是那麼舒適放鬆），看著雲影流動，看著世界旋轉，看著人群行走，看著時間流失……。我彷彿領悟了點什麼，得到某種非常舒暢的感覺，卻又十分不自在，我很想把書包裡的書本和筆記本拿出來，至少我得做點什麼事……。

但我斜睨不遠處，那位身旁放著空菜籃滿臉滄桑的棕髮婦人，她就真的什麼也沒做，只是靜靜地坐在那裡，抽著一支菸，吐著煙圈，凝視著前方，好像想著什麼事，也好像什麼都不想。她早已不舉起咖啡杯了，可能是喝完了，或者咖啡已冷，她也不要喝了……。

也許是一個鐘頭過去，或者更短暫一些，烏雲移動，再度遮住了太陽，陰影迅速掩蓋了廣場，天色再度變得灰沉昏暗，地面上黃澄澄的光亮和教堂的倒影消失了，咖啡座也失去溫暖的魔力。棕髮婦人皺了一下眉頭，菸灰缸裡捻熄了抽了一半的香菸，放了一張紙鈔在桌上，站起身理了理衣服，拖著那隻空菜藍，頭也不回地大步穿過廣場，喀喀喀消失在街道的另一端。此刻空氣再度變得冷冽刺膚，小鎮廣場也再度回到先前的暗淡冷清，蓬勃的生氣一下子又消失了。而我也彷佛已經明白了這一切，我坐直身子，把桌上餘溫未消的咖啡端起來一飲而盡，我知道該是起身去參加凡夫俗子工作的時候了。

冬日陽光乍現，暖烘烘的光線輕撫你的雙頰，生活的周邊也突然有了飛揚的氣息，即使是路上每個經過的行人，都顯露出舞蹈一般的節奏和活力。這時候，一杯咖啡端來，捧在手上有溫暖從掌心通過血管一直透到心頭，咖啡香氣沁入你的胸腔脾肺，一個不期而遇的瞬間，一種突然得來的喜悅，啜飲一口咖啡如今好像觸動了你所有的感官，甚至包括心情，不再只是口腔到鼻腔的局部滋味。

我也許就是在這一天早上懂得了喝咖啡的滋味。在人生路上一個偶然相遇的地方，和一個不曾預期的時刻，我從一場突如其來的陽光、一位睡眼惺忪的陌生婦人身上，學會了咖啡與生活的關係。

我曾經試圖追求一杯完美的咖啡，香氣與滋味都無懈可擊。我曾以為那是最好的咖啡豆，加上適當的烘焙，再得到精心的沖泡，然後不要錯過剛完成的第一口香氣。譬如說，你用來自牙買加最昂貴稀少、用麻布袋包裝著的正宗藍山，或者現在更流行的像法國紅酒一樣講究「產地小氣候」（terroir）的莊園咖啡；烘焙咖啡豆時，你又用了烘焙色卡色號做依據，那幾乎可以得到科學方程式一樣準確的結果；然後你又試了壓力壺、虹吸式，或者最挑戰的手沖濾泡式的煮法；你也可以嘗試不同國家的調理方法，義式、法式、土耳其式……。

但這些入口香郁、餘韻繞樑的咖啡，不管當時喝來如何印象深刻，只要過了兩天，我幾乎無法重新喚回那些滋味在舌尖的記憶。現在坐下來，我想搜索昔日咖啡舊痕，記得的反倒都是一些情境，何時，和何人，在某處，喝的某一次咖啡……，是那些周邊的事物讓咖啡的滋味有了記憶的座標，咖啡是否真的滋味無窮，倒是記不清了。

仔細想想自己和咖啡的交往，最美好的關係反而是最孤獨的時刻。每天早上，我剛從昏沉的睡眠中醒來，這時候天還未亮，天空還是深藍帶黑的，又像是夢遊一般，又像是慎重舉行儀式一樣，我走到廚房的水槽邊，把電動咖啡壺裝滿水，櫥櫃裡取出圓錐形濾紙，再取出新磨的咖啡粉，一瓢一瓢裝好咖啡粉，按上煮沸鈕；幾分鐘的發呆之後，廚房立刻散發出新煮咖啡的香氣。我在櫥櫃裡找出一隻自己喜愛的杯子（每一隻都是旅行時買回來的，每一隻因而都隱藏了一段旅程和美好時光），在杯中注滿咖啡，捧在手中慢慢地啜上令人感動的第一口。

這時候如果是冬天，從溫暖的被窩裡爬起來需要一點毅力，這杯咖啡不僅僅是清醒回魂的媒介，也是驅寒暖胃的靈丹，它更像是個守護者，在你昏沉無助之際做你忠實的朋友，我冒險（我總是在試新東西）買回來的咖啡不一定都味道宜人，但這樣的關係永遠是真誠的。

咖啡與生活應該有一種關係，美好生活與人生際遇也應該有一種關係。好的咖啡不是單獨存在的，它不是咖啡豆加水煮沸就完成的，而是在某一種生活的氛圍以及自我的狀態之中完成的。年輕的我不懂得生活，渾渾噩噩，以為不斷追逐新的可能就是認真追尋人生。某個冬日早上，太陽偶然露臉，一個行色匆匆的路人突然停下來喝一杯咖啡，我好像在那一場無意目擊的人間戲劇裡學會咖啡的生活。

34 有咖啡的生活——之二

咖啡是何時以及如何潛入我的生活的？現在的我，每天清晨以一壺新煮的咖啡為開幕儀式，白日在辦公室工作進行時以一杯接一杯的黑咖啡為續航的能源，每餐飯後以咖啡為速食或慢食的句點，最後在夜晚結束時還以咖啡作為暖胃好眠的睡前安慰。但這些酗咖啡的柔情陷溺是如何開始的？

那不會是來自我成長時的鄉下農村，因為那裡根本找不到咖啡。

在我已經咖啡中毒的成人時期，有一次回家過年，那大概已經是八十年代初期，大年初一早上起來，突然強烈地想要有一杯熱騰騰的咖啡，我在鄉下的家中遍尋不著咖啡的痕跡，老家的其他家人顯然是不喝咖啡的。我走到街上想要找到一家咖啡店，但那也是徒然，哪裡會有這種東西？逛尋鎮上那幾條街之後，不料竟在某個街角發現一部賣咖啡的自動販賣機，就是那種投幣之後會自動轉出紙杯、注入熱咖啡的機器，真讓我喜出望外。買到之後，我捧著紙杯就在街角蹲著喝了起來。

那部偶然救了我的命的咖啡販賣機是哪裡來的？我後來幾次再回鄉下，找回原來的街角，卻再也找不到那部咖啡販賣機的蹤跡，倒是在各處牆角看到幾部販賣可樂冷飲的機器，可見擺一部賣熱咖啡的機器原本是一場美麗的誤會，那個小鎮緊急需要咖啡因的人大概是不多的。

當我來到台灣中部大城讀高中時，我仍然只知道「冰果室」，不知道有「咖啡店」。或許也是知道的，我只是不記得了，我們可能都聽說過「咖啡廳」，但那好像是提供女色的不良場所。我們會去的地方是第一市場賣「蜜豆冰」的攤販，如果我們要去比較正式的談話場所，我們會去外面用白色大字寫著「冷氣開放，內有雅座」的「冰果室」。冰果室我是熟悉的，即使是我出身的小鎮也有一家冰果室，我們從未有機會登堂入室，但在門口買一支冰棒或雪糕的機會則是常有的。我們看著店老闆從布滿結霜管子的冰櫃中拿出冰棒，冷風撲到臉上，這就讓我們想像「冷氣開放」的滋味或許就是這樣。

有一次，我被班上同學派做外交使節，去邀請隔壁女校共同出遊，在當時的男校這是一件大事。我遞了紙條邀請女方代表放學後見面，約見的地方就在學校附近一家冰果室。容貌清秀的女方代表進門來的表情比冰果室的冷氣還要冷，等我表明來意之後，她橫豎的柳眉才柔軟下來，原來她誤以為這場約會是衝著她本人而來，她對這位妄想吃天鵝肉的傻小子頗為不悅，等到弄清楚那只是兩國交會的來使，她的防衛就大大解除了。冰果室裡有沒有咖啡？我倒也完全不記得，我在當時只知道點又大碗又好吃的「刨冰」，對其他不能有飽足感的飲料是不感興趣的。

高中暑假我到台北探視在中央研究院打工的姐姐，夜裡跟著一群大學生去一家「海鷗咖啡西餐廳」。到咖啡廳的目的不在飲料、西餐，甚至不在交誼、聊天，那群「愛樂社」的大學生是去咖啡廳聽音樂的。咖啡廳有百萬音響為號召，專播古典音樂，大學生們把它占領了，拿出一份曲目，央請老闆照單播放，儼然是一場自選曲目的音樂會。音樂是免費的，進場的來客都得點一份飲料，飲料的價格在我當時的認知當然屬於天價，我還記得我點的是與那家店的摩登裝潢完全不搭調的木瓜牛奶，夠本土了吧？咖啡店裡當然是有咖啡的，只是那時候我也還不知道要一杯咖啡來做什麼。

當晚的音樂饗宴也是令人印象深刻，貝多芬的第五號交響曲〈命運〉在百萬音響的播送下，聽起來果然和家裡那部古董唱機完全不同，每個樂器發聲的細節清晰入耳，連演奏者的編組和位置都可以辨識，閉上眼睛，你就「看見」一整團的交響樂團就在你眼前。

但也許你我都不必為我錯過這一次喝咖啡的大好機會感到惋惜，不要忘了喝咖啡本是「外來文化」入侵和「全球化」大浪潮的一環，這時候還只是七十年代的第一頁，從後來的經驗我可以知道，我們從來不是去找咖啡的，而是咖啡找上了我們。在我們仍懵懵懂懂的時候，「全球化」這個概念已經從遠方虎視眈眈垂涎於我們，看了很多年了，很快地，我們將蛻去青澀，成為全球市場的一個標的，而我們自己（以及我們的知識技能和勞動力）也都即將成為市場中的一個「商品」。

大學時候，我來到台北，因為半工半讀的緣故，很快地投入到雜誌社的工作，廁身「文化圈」，成為其中邊緣的一員。其實我真正的工作是擔任雜誌的美術設計，我的工作更像個工人，而不像文人。我要設計刊頭，發排稿子，盯印刷廠，但並不決定內容，也不需要和任何作者接觸。也許是看到我這種「封閉式」的工作型態的不忍，或者只是純粹善意地要我多看看世界，辦公室裡一位資深編輯突然問我願不願意和他一同去採訪一位歸國學者，我也很高興地答應了。

訪問正是在一家咖啡店進行，訪問的對象是當時還很年輕、尚未寫文章轟動台灣的留美經濟學者高希均教授。咖啡店是當時很常見的裝潢式樣，厚重的棕色沙發椅，巨大的吧檯，低矮的桌子，昏暗的燈光，以及穿著及地長裙的女服務生。訪問不是我的工作，我從頭到尾正襟危坐在一旁，一句話也不敢說。但我試著學其他人一樣點了一杯咖啡，咖啡端上來時，黑色的液體冒著輕煙，香氣迷人，我又把一旁的奶精也倒進去，奶精在咖啡表面形成一個小小的漩渦，有一種夢幻不現實的畫面，我也加了兩匙糖，但它的滋味甜中帶苦，還是一種陌生的、可疑的、不可輕狎的味道，我有點著迷於咖啡與牛奶相混時發出的香氣，並沒有立刻覺得這是一種可以親近的飲料。

但畢竟我是來到文藝界了，在文藝界裡不是每個人都喝咖啡嗎？我不但坐咖啡店的機會愈來愈多，而且也進到幾家有名的咖啡店，像是在台灣文學史上可有一席之地的「明星咖啡店」。走了進去，我會看到第一張桌子坐著埋首疾書的小說家段彩華，裡面另一張桌子坐著黃春明，我還會看見高談闊論的張默、洛夫以及各方人馬；從明星咖啡店走出來，路邊就看見擺攤賣書的周夢蝶……。

坐咖啡店變成了交際場所或生活儀式，但我和咖啡的關係還是不可確定的。在明星咖啡店裡，我一定點一杯它裝在淺杯子裡、味道清雅帶酸的咖啡；然而在別家咖啡店裡，我有時點咖啡，有時也點其他飲料。咖啡於我，在那個時候，並不是什麼不可或缺的東西。後來，因為工作的緣故到了美國，可能因為異鄉寂寥，也可能因為天寒乾燥，每當坐下來，一杯咖啡在手，就感到身心安頓，不知不覺養成了喝咖啡的習慣。回到台灣，我還沒完全意識到這個新習慣，有一天早上起來未喝咖啡，到了中午，右手不聽使喚，激烈地顫抖不停，喝了咖啡才停止，這才知道已經咖啡因成癮了。

不只是我自己已經陷進了咖啡世界，咖啡世界也侵入我的家鄉。八十年代末期，中部地區掀起「庭園咖啡」風，特別是在台中，一家比一家豪華寬敞的咖啡店在市郊冒出來。我在過年假期回到鄉下，導演侯孝賢和幾個朋友忽焉來訪，我看到附近農田裡有新的「庭園咖啡」營業，遂邀他們共同前往。只見農田之中，一座像「樣品屋」似的建物立起，屋內有雕琢繁複的法式家具，落地窗外不遠還可以看見水牛耕稼，曬得黑裡透紅的農村女孩拿著厚重的菜單重重放在桌上，台灣國語說：「參考一下。」我看著這一切，突然有一點不知今夕何夕的超現實之感。

35 有咖啡的生活——之三

神戶大地震之後，我心裡惦記牽掛著，急著想再去看看那個美麗的港都城市是否無恙。等真正回到這個村上春樹的故鄉時，那已經是大震災的第二年了。一開始我在市內閒逛時，大部分受損的建築已經恢復舊觀，人群熙來攘往，似乎也已恢復原有的生活，災難好像是遠離了。

但行到某些街角暗處，我仍然看見有部分建築因故未修，激烈扭曲變形的水泥線條讓人觸目驚心，仍可想見地震當時的威力。建築物撕裂的破口裸露出依舊混亂的室內陳設，當然已經人去樓空了，但鬧市之中突然出現一塊廢墟，那就變成結痂的傷疤一樣，總是提醒你餘悸猶存的創傷。

走著走著，來到山手通的「西村珈琲店」本店，遠遠就撲鼻傳來熟悉的咖啡香氣，我對它的安然無恙感到高興。但到了店門口，卻發現它的結構和陳列與記憶不同，本來外賣咖啡豆的櫃檯設在咖啡店入口的左邊，如今卻移到了中央，入口的木製拉門位置也好像變了。走進去坐了下來，點了它芳香帶苦的肯亞A級的吉力馬札羅咖啡，我才有機會慢慢審視，看到店內的資料講到地震受災的情形，以及他們後來如何重建的努力。

後來幾天，這像是固定儀式一樣，在神戶的很多家店裡都有一些照片或描述，敘述它在地震時是怎麼樣的，後來又是經過哪些努力才讓它恢復舊觀與生氣。雖說是舊觀，事實上許多目前我看到的商店和地震前都不太一樣，神戶六十年老店「西村珈琲店」的情況也是如此，它也是經過重建和改裝，某種意義來說，它們都「恢復」了，但它們也都不再是記憶中那個原來的模樣了。

一個人一旦開始愛喝咖啡，不只是他住家或公司旁的某家咖啡店對他有意義，好像全世界的咖啡店也都開始對他而言有一種意義，他會不自覺地關心起旅行過的各個城市所邂逅的咖啡店；或者更準確地說，咖啡店有點像是他記憶城市的一個「座標」。這也是為什麼我歸來劫後的神戶，看到昔日咖啡店的無恙會感到內心高興，但發現它曾經受難而改裝，又覺得有點失落。

就拿「西村珈琲店」來說吧，它其實不像是我會喜歡的咖啡店類型，因為它太大、太醒目、太知名，也太觀光了。一般而言，我喜歡巷子裡隱藏著的、人客稀少而肅穆、彷彿一移動身體就會驚擾它的安寧的小咖啡店，但「西村珈琲店」卻占有我第一次來到神戶的記憶。還記得我是在清晨陌生微涼的城市裡尋找早餐，在路上被它濃郁的咖啡香氣驚動，雖然在視覺上它也夠搶眼了，厚重的黑木塊加上白漆的土牆，迷漫著古雅氣息，細節修飾上帶著日本人的精緻，使得這座巨大的木造德式建築在日本城市景觀裡一點也不顯得突兀。

進門之後，我發現許多客人是上班之前趕來吃早餐的白領階級，他們看著報紙，啜飲著熱騰騰的咖啡，一派通過某種生活儀式的感覺，這看起來是「地元」咖啡店了，這也讓我放心很多。一般日本咖啡店的咖啡口味偏酸，不是我喜歡的路數，但我在「西村珈琲店」裡點的第一杯「招牌咖啡」卻苦中帶甘，口感不俗，加上店內菜單上說咖啡豆是每日清晨用炭火現焙，整杯咖啡充滿新鮮的芳香，那香氣不正是把我從路上拉進來的原力嗎？如今飽滿的芳香與滾燙的黑色液體結為一體，從我的喉頭徐徐流下，口腔裡的香氣味一直上升充滿到鼻腔，舌尖端有甘甜，舌後根有苦味，加上咖啡因微微刺激著大腦表面的神經突觸，帶來一種混合了肉體與心靈的迷醉，一種虛幻卻充實的滿足感。

對它的咖啡有了好的第一印象（事實上它的厚片土司也極美味），臨走時我還買了兩磅它的豆子，一磅是「招牌咖啡」，另一磅就是後來我再去時會點的「吉力馬札羅」。這兩磅豆子每天早上在我廚房裡釋出的芳香，就使我對神戶的記憶多延續了好幾個星期。

「西村珈琲店」占領了我對神戶的初次記憶，但我心目中代表神戶記憶座標的咖啡店卻屬於「北野珈琲館」。「北野珈琲館」位在異人館街道的北野區獵人坂，位置是在遊客穿梭如織的觀光區（其實我早期去神戶時，即使是異人館一帶遊客也是很少的，並無喧囂之意），好處是它藏身二樓，座席無多，客人也相對稀落，店中央有一張大木桌，周圍另有兩三張小檯，袖珍雅致，有一種恬靜清幽的錯覺。坐在靠窗靜謐位置，你可以看見獵人坂的遊客往來。有一次我坐在靠窗坐位，望見窗戶正下方一位水彩寫生的老人，他架起畫架，對著前方街景作畫，從我的位置可以同時看見他的畫和畫中所對應的街景，隨著時間流逝，兩個畫面逐漸形似而交疊，顏色也逐漸真實與寫生相融，那是一個美好的旅程時間暫停的片刻。

在「北野珈琲館」裡，我最愛看留著絡腮鬍的男主人煮咖啡的模樣；咖啡館牆上一格一格擺滿各色伊萬里燒咖啡杯，店主人隨手挑了一個（你也可以自己挑選指定，但任憑主人送來更有樂透機遇的樂趣，反正杯子無一不美），擺在吧檯上，先注入熱水溫杯，他再取出手沖滴漏的錐形漏斗與小壺，熱水沖燙，再放入濾紙與研磨咖啡，用長嘴小壺手工沖泡。他一杯一杯慢工沖泡，神情專注肅穆，姿勢繁複優雅，彷彿茶道儀式搬到了咖啡身上。手工濾滴的咖啡，一般不會太濃或太燙，但多半口感微妙，氣息幽美，歷久不散；「北野珈琲館」的咖啡也是如此，宜於專心品評，不做他事，若要聊天，也只適合偶爾投射一句兩句的閒談，不適合熱烈的討論。

用來佐助熱烈討論的咖啡，也許不宜淡雅，應該濃烈簡單，以強香辛口為中心；咖啡館也是如此，像「北野珈琲館」的雅潔裝潢，就讓你聯想到安靜，這又如何激烈爭論、產生哲學呢？在大學附近充斥的咖啡館，或者像紐約八十年代格林威治村裡的波希米亞氣息的咖啡店，牆上斑駁有漬，掛的黑白照片已經發黃；端來的咖啡盛在白色粗大的杯子裡，又黑又濃又燙，但並不特別芳香。這種咖啡容許你大口牛飲，又放在杯中一段時間不去理它，並不需要你溫柔屏息對待，涼了也可以一飲而盡，當它是苦口良藥。最好它又有「續杯」（refill）服務，你無需注意杯中的狀況，你和朋友大聲喧嘩，辯論得面紅耳赤，只有在辭窮的時候才舉杯掩飾，順便滋潤一下乾燥的唇舌。咖啡在口時你的腦筋還轉個不停，當然就不適合太精緻、太芳醇的咖啡了。

不管它們是哪一種咖啡，我都有不同的理由喜歡它。但對於每個旅行途中的城市，我記掛最深的咖啡店，也許是那些重要書店附近的小咖啡店。我心目中有幾個「買書城市」，來到這些城市，我的旅行目的至少都包含了一些蒐羅圖書的機會。譬如來到東京，我也許至少要空出一個整天能夠在神田舊書街流連，但在一天之內急急忙忙逛完每家書店，已經不是我現在的心境。我已經知道人不可能買遍所有的書和讀遍所有的書了，我要的只是一天的美好時光，逛完一兩家書店，手上提袋已滿，我也不著急，轉進小巷內，我知道那裡藏有一家小咖啡店名叫「里奧」，可以供我歇腳。店內客人不多，大多低頭摩娑剛剛買來的舊書，女主人煮的咖啡中規中矩，起司蛋糕也還可口，我就喝完一杯咖啡再逛吧。

36 有咖啡的生活——之四

大約是十幾年前吧，朋友知道我愛喝咖啡，特地從國外帶了咖啡豆來給我。新焙的咖啡豆用土黃色紙袋裝著，印有棕色木刻畫的圖案，標籤上寫著店名「皮特咖啡與茶」（Peet's Coffee & Tea）。打開紙袋，一股濃郁的香氣就撲鼻而來，引人縱飲的慾望；倒出豆子，只見顏色暗棕近黑，表面油光發亮，那是經過深度煎焙而肥美出油的豆子，應該是高山種植的Arabica原豆吧。我急急忙忙試煮一壺，熱水接觸現磨的咖啡粉末，煮得滿室生香。啜飲一口什麼也不加的黑咖啡，果然口感飽滿圓潤，滋味微苦帶甘，下喉之後，芳香與甘醇盤旋口腔，久久不去，真的是烘焙得宜的好咖啡。

朋友說這「皮特咖啡」來自舊金山，是當地最受歡迎的咖啡專賣店，在外地名氣不如

「星巴克咖啡」（Starbucks Coffee），但品質實有過之，歷史也更悠久，堪稱是美國精緻咖啡的元祖。事實上，星巴克一九七一年剛在西雅圖創業時，咖啡豆就是從「皮特咖啡」買來的。

我初嚐「星巴克」的滋味是在溫哥華，那才是九十年代初，不但星巴克尚未拓展海外（「星巴克咖啡」是在一九九六年才在東京開第一家海外店），在美國也僅散見於西岸幾個城市，溫哥華離西雅圖近，最先得到星巴克的拓店延伸，北美洲東岸當時則連紐約市也看不到一家星巴克的咖啡店。綠色標籤在美國氾濫成災，其實是最近十年的事。全世界一開數千家咖啡店，要再想維持有個性特色的風味，並不容易；因為每個人都喝，就不再叫做「個性」啦。但九十年代初嚐星巴克時還是有驚艷之感，也難怪朋友用這樣的方式來介紹「皮特咖啡」。

一年或者兩年之後，我因公出差來到舊金山，就興起尋找「皮特咖啡與茶」的念頭。查了書本，發現它當時在舊金山灣區一共有三家店，最有名的就是柏克萊大學（UC, Berkerley）附近的本店，位於葡萄藤街（Vine Street）與胡桃街（Walnut Street）交口。柏克萊大學位在柏克萊市（City of Berkerley），交通方便，有地鐵可達，很快地我就循線索找到位置，事實上只要走到鄰近街口，聞到陣陣咖啡香味，你很難錯過這家受當地人熱情支持的咖啡店。

「皮特咖啡與茶」並不是設有雅座、供你坐下來享用的咖啡店，它其實是個茶與咖啡的零售專賣店。店中有長長的木頭櫃檯，五、六位穿米色制服、棕紅色圍裙的工作人員在櫃檯後忙碌著，有的忙著招呼買咖啡豆的顧客，有的忙著為客人磨豆子，有的則忙著賣現煮的咖啡給客人帶走。進門處也有幾張不設座位的圓檯子，讓你買了現煮咖啡站著享用，也有好幾位看來是常客站在那兒一面和店員聊天，一面啜飲著熱騰騰的咖啡。整個店裡不但瀰漫咖啡香氣，也洋溢著一種忙碌而幸福的氣味。

「皮特咖啡」現場賣多種新鮮烘焙的咖啡豆，品名琳琅滿目寫在頭上的看板，除了各種產地的單品咖啡之外，還有它多種自家調配的綜合豆，站在店中一陣子，看來最暢銷的是其中簡單易懂的三種：House Blend、Top Blend和Blend 101，都是由中南美洲的豆種混合而成。可能又是地處自由思潮前鋒之地的柏克萊，店中又賣各種「公平貿易咖啡」(Fair Trade Coffee) 和有機咖啡，還有小冊子解釋他們「公平貿易咖啡」的來歷和實際採買方法。

我在店中略為猶豫，不知如何選擇，最後買了Arabia Mocha-Java和Blend 101各一磅。當工作人員正在為我磨豆時，另一位店員笑容滿面端給我一杯熱騰騰的咖啡；原來

「皮特咖啡」店中的慣例，在客人採買咖啡時，總要貼心送上現煮咖啡一杯，熟客不用解釋，自己就挑了一種自己喜歡的口味，我反而是被這樣的殷勤嚇了一跳。那咖啡煮得既濃且香（書上說它的咖啡三十分鐘煮一次，半小時未喝完就倒掉），滋味飽滿，寒風中頗覺享受，第一印象就不能再好了。

回到家，那兩磅咖啡豆當然表現出色，很快就用罄了。每當我在台灣買不到合意的現焙咖啡時，忍不住又想起它，恨不得能很快再去舊金山灣區買它的豆子。後來的幾年，我也的確偶有機會路過舊金山，也總是抽了空去買它的咖啡豆，順便享受店員在現場奉上的現煮咖啡。有時候，幾位熟悉的朋友路過灣區，也會想到帶點咖啡豆給我。只是「皮特咖啡」在舊金山灣區愈開愈多，經營型態也慢慢和星巴克變得相似，也開始有若干餅乾、三明治等簡易餐點了；雖然買咖啡豆變得方便，但心裡總是覺得怪怪的。

互聯網興起以後，我發現「皮特咖啡與茶」已經在網上開起商店，咖啡豆可寄全世界，還可以利用「定期寄送服務」，只要你選定咖啡種類，訂出週期，譬如每個月兩磅，它就按時每月寄出，並從你的信用卡自動扣款，直到你叫停為止。我對這種新的「全球化服務」感到興奮，立即上網參加它的定期服務會員，選了兩種咖啡豆，要它每四十天寄一次給我。

第一次從空郵收到咖啡豆，還覺得很新奇開心，也來不及計較郵資幾乎等於咖啡豆價這件事。但是過了一段時間，咖啡愈煮愈平凡，喝起來和其他來源不再有明顯的差別，不復有初遇時的感動，心裡不禁有點失落。

前兩年再到舊金山，發現「皮特咖啡」已經開得滿坑滿谷，到處都是，舊金山的國際機場每個轉角都有它的蹤跡，連超級市場也開始賣起它的豆子（也不能怪它步星巴克的後塵，畢竟「皮特咖啡」如今也是上市公司了）。它的咖啡採購或烘焙或許可能還維持某種水準，但那種帶點尋覓難得的興味已經蕩然無存了，做為一個咖啡的隱密愛好者，你得要準備離開它了。

這兩年，我的興趣轉向無意中發現、位在倫敦蘇荷區老康普頓街（Old Compton Street）的老店「阿爾及利亞咖啡」（Algerian Coffee Stores）。那也是發生在一次出差之際，我在行程空檔中街上閒逛，因為時間很短不能走遠，只能在下榻的旅館附近走動，不然按我的老毛病已經奔向書店街了。不料在快步行走間，忽然一陣咖啡香氣傳來，原來有個戴頭巾的女士正推門走出一家商店，門一打開，強勁有力的咖啡香立刻飄出充滿街角，我定睛一看，一家燈光黝暗的狹窄商店堆滿大大小小的麻布袋，裝的全是咖啡豆，門上寫著店名，並註明創立時間是一八八七年，已經是一百二十年的老店了。

一百二十年經營同一件事，仍然在同一位置，又維持只有一家店，這太符合如今我們追求的「正宗」和「獨特」的概念，歷史感十足，買錯了又何妨呢。我推門走進去，牆上密密麻麻寫著各種咖啡的品名，多到令人眼花撩亂，簡直不知從何挑起。膚色黝黑的阿拉伯人店員看我呆立無措，開口問我需不需要幫忙，我只好請教他是否有偏苦少酸的咖啡種類可以推薦，他建議我試試來自衣索匹亞的Ethiopian Harrar Longaberry，我點頭同意要了一磅，順便又加了一磅它們的招牌咖啡Algerian Special。回程整理行李時，兩包咖啡就在箱子裡散發迷人的香氣，誘惑得猶如鴉片。

回到家裡試煮它的咖啡，果然滋味不凡，衣索匹亞咖啡野香驚人、濃苦轉甘；由哥倫比亞咖啡為主體的招牌綜合咖啡則是溫馴柔和，口感微妙，都令人驚喜。當然，取得過程的稀少性和偶然性，更讓這咖啡顯得加倍有味道。後來我再回到倫敦，「阿爾及利亞咖啡」就成了必訪之地了。

只不過是為了在家裡自己烹煮一杯完美香醇的咖啡，有時候你得天涯海角去尋找它……。

37 文學門縫——之一

如果你恰巧生長在鄉下，那裡沒有書本，沒有圖書館，也不容易碰上談文學的友人，雖然你身邊永遠有綠油油的青翠田園、淅瀝瀝的潺潺流水，和層層疊疊的起伏山巒，讓你心生難以言喻的某種詩意衝動，但生在鄉下農村的你，在鋤頭與畚箕之間、在雞豬與水牛之中，你要如何去了解文學的意義？又要如何拉開一條門縫，窺見文學的富饒殿堂？

離開鄉村二十年以後，突然有一個機會，遠方的家鄉要邀請我回去，為年輕朋友講一堂文學的課。那是出外讀書的熱心大學生們，利用暑假時間，回鄉籌辦的一個文學夏令營，目標是村子裡喜歡文學的中學生，地點就選在農會大樓樓上的演講廳。我滿口承諾，興沖沖地、不無浪漫憧憬地回去了。

在農會大樓演講？這對我們這些離開家鄉已久的遊子是別有意義的。家鄉的農會原來就極為出名，它曾是台灣農業金融的代表性機構，有著占地寬廣的大型米倉，可以容納附近三千公頃的稻田收成，據說全盛時期它一家的年度盈利可以占到全台灣所有農會的百分之八十，是全台灣最富庶的農會。

那大概是一九六二年吧？農會大樓落成，在我們家鄉那是一件熱鬧的盛事，學校老師帶著我們排隊去參觀它的落成典禮，鞭炮噼哩叭啦地響著，舞獅的陣頭在廣場跳著舞，廣場新砌的噴水池嘩啦啦流著水，水池裡有磁磚貼成的五彩金龍正張牙舞爪著，鎮上有地位的政治人物和鄉紳富商也都到了場。它是堂皇壯麗的四層樓磚造建築，外表貼著土黃色發亮的新磁磚，展露一種闊綽大方的氣派。在那個時代，村裡最高的建築本是兩層樓公寓，大部分的農家都還是中央有曬穀場的平房四合院，四層樓的農會新大樓已經是我們心目中的「摩天大樓」了。

而這「摩天大樓」還名聲遠播，偶爾在某個早上，校長會在升旗典禮時忽然宣布，今天將有來自遠方的非洲友邦總統或國王，要來拜訪我們的農會，參觀我們的「摩天大樓」，學校裡一、三、五年級的學生輪到要去街上搖旗歡迎，而二、四、六年級則輪到放假，學生們也都可以回家，不用上課，因為老師們也都要上街歡迎致意，沒有人有時間和心情上課，國家的大事呢。

學校會發給我們一人一面紙製的國旗，大家拿著紅藍相間的國旗，開開心心像郊遊一般，唱唱跳跳來到離農會不遠處、鎮裡唯一的一條柏油路幹道，兩旁夾道等著，常常等到日上三竿、酷熱難耐的時刻，終於聽到前方的騷動，我們爭相探頭窺伺。我們先看到四部或六部雙雙成對的重型機車，身穿帥氣制服、戴著頭盔和護目鏡的黑衣警察雄糾糾地騎車開路，然後是三部或者四部碩大無朋的黑色轎車，車頭燈的位置插著兩國的國旗，以呼嘯之姿從我們面前刮風似地經過，這個時候，我們就要大聲齊唱歡迎，並且用力揮舞著手上的國旗。

有一次，一輛黑色轎車並不像往常那樣飛馳而過，而是減速緩緩駛經我們，車窗更打了開來，一位長得像「黑人牙膏」黑人模樣的人物探頭出來，全身軍裝，胸前掛滿勳章，他咧開血紅大嘴，露出滿口白牙，對著我們搖手微笑，那是尚未發動政變成為烏干達總統、後來變得惡名昭彰的非洲狂人阿敏將軍（General Idi Amin Dada Oumee, 1928-2003）。

回到學校之後，也沒見過什麼世面、因而也不可能政治正確的鄉下老師忍不住說：「夭壽喲，哪有人生得那麼黑黲黲，晚上老婆怎麼看得見？」

再回到農會大樓演講，離開在路旁搖國旗已經是三十幾年後，心裡上覺得好像是童年的夢想實現一樣。但，這當然是一場美麗的誤會。

因為四層樓高的農會此刻看起來猥瑣寒磣，怎麼樣都不像是「摩天大樓」，鎮上已有許多建築高過它，就連尋常人家田裡的農舍也都蓋成三層、四層的洋樓了。農會前的噴水池年久失修，水喉已經噴不出水，池裡積滿了垃圾，磁磚鑲嵌的彩龍已經斑駁剝落，失去了顏色，殘缺地方甚至裸露出水泥和鋼筋。

最失落的還不是如此，當我面對幾十雙飢渴的年輕的眼睛，努力講著文學小說的種種樂趣和欣賞的途徑。但我看到那些眼睛的背後一片茫然，半個鐘頭後，我只好停下來。我猜想是我舉的例子出了問題，我開始問：「你們當中有沒有人讀過《白鯨記》？」

全部茫然的眼睛左顧右盼，紛紛搖搖頭。

「有沒有人看過《傲慢與偏見》或《咆哮山莊》？」全部搖頭。

「那有沒有人讀過白先勇的小說？或是王禎和的小說？」搖頭。

我不能放棄希望：「有沒有人讀過黃春明？課本裡有的。」還是搖頭。

看來只能求助於比較大眾化的小說，我再問：「《金銀島》？《魯賓遜漂流記》？《三劍客》？」搖頭，但後面有一個勇敢的聲音說：「有看過卡通。」

嘿，你們不都是熱愛文學，所以才來參加文藝營的嗎？那你們都看些什麼？有兩個人看過瓊瑤，有三個人看過金庸，有一位竟然讀過金幸枝，但他們連聽也沒聽過倪匡。我已經快抓狂了，那《三國演義》呢？《西遊記》呢？《水滸傳》呢？沒有。《三國演義》看過日本版的漫畫，認識的悟空是《七龍珠》裡的悟空；《水滸傳》？沒看過；《紅樓夢》？嗯，好像有聽過這個名字……。

你們喜歡讀書嗎？喜歡文學嗎？台下全部都點頭，一雙雙全是無辜的眼睛。一位少年猶豫而謹慎地補充說：「只是不太知道文學是什麼。」

可憐的孩子們，他們已經比從前富裕，但家鄉還是貧乏的，他們的父母可能並不知道。我勉強講完了那場演講，每個例子都要停下來講一段它的故事，內容和計畫完全不一樣。

回台北的巴士上，我跌入了回想：出身和他們一樣的我自己，在訊息匱乏的鄉村成長，是得到什麼樣的幸運才進入另一個讀書世界的呢？

第一個原因可能是兄姐的庇蔭。在城裡讀書的大姐率先變成了文藝少女（但她的機緣又是如何得來呢），她帶回來鄉下沒有的書，開啟了一扇神奇的窗，其中一本《少年維特的煩惱》，就讓我陷入沉思，內心激動，趕緊躲到田裡，免得母親看見我紅腫的雙眼。比我大一歲的二哥喜歡畫畫，他找到了在台中的美國新聞處，那裡有各式各樣的英文藝術圖書，他努力借來讀著，並且試著跟我討論（雖然我一點用處也沒有），來了解那些神祕的內容，這又為我打開了另一扇窗……。

但另一個原因，我猜想是一本雜誌。上初中的時候，我在班上當學藝股長，我的工作包含保管班上訂閱的雜誌，每個月我都會收到一本《幼獅文藝》。雖然是現在被視為反動機關的「救國團」辦的雜誌，但那個時代的《幼獅文藝》可是最前衛的文學雜誌。每一期雜誌裡我會看到龍思良令我眼界大開的美術設計，看到後來才成為攝影家的阮義忠用簡潔線條畫鄉土題材的小插圖，一兩筆畫出一張竹凳子或者鋤頭和畚箕，最讓我愛不釋手。我會讀到很好看的小說，像段彩華寫的文筆乾淨俐落得像海明威的短篇小說，他幽默的文字常常讓我在課堂上偷看時忍不住偷笑出來。

有一天，我在雜誌裡讀到朱西甯寫的《冶金者》，我感到苦惱，因為文字太奇怪了，我覺得沒辦法看懂，可是又覺得深深地被作品吸引；我還沒有解決這個困難，又讀到了七等生的另一篇小說，這更奇怪了，連作者的名字都沒辦法理解，小說裡更有些地方透露著近乎色情的猥褻描寫，一個男子掀開一位陌生女子的裙子，注視著深處的肉色內褲，它讓我深受震撼又感覺到道德動搖，我完全不了解，卻又完全忘不了。不明白又受吸引，有一種力量拉扯著我，把我拉著向前再前，我苦苦思索，尋找每一本可得的書，一步一步，不知不覺，我已經鑽入文學的門縫，進入一個巨大的宮殿了。

38 文學門縫——之二

只是因為朱西甯和七等生幾篇令人困惑的短篇小說，少年的他闖進一個巨大的文學宮殿，但也無端捲進一場與「理解」的搏鬥。那是六十年代的舊事，一個鄉下小孩在他資訊封閉的世界裡，要如何才能知道文學史上有過「現代主義運動」這回事？

就像和天使摔角一樣，他必須使盡吃奶的力氣，不斷轉變可能的認識基礎、反覆咀嚼，才有那麼一點點可憐的想像。他會在多次的思索之後，傍晚獨自坐在空無一人的操場角落，下決心一樣，告訴自己說：「那一定是這個意思。」但沒有人能告訴他那究竟是不是對的。

儘管這些從雜誌裡新傳遞而來的「文學」，令他困惑並且深深著迷，他卻還是不能明白它們的意義和「應用」。譬如他就不可能在作文課裡把這些新讀來的內容應用在寫作之中，他還是比較熟練利用別的地方得來的知識。他手上就有一本書，是某次作文比賽獲得的獎品，書名叫做《人生的座右銘》，那是道聲出版社出版的勵志書，裡面充斥著各式各樣名人的格言名句。這些句子並不難懂，在作文課裡就非常好用，好像作菜時的味精一樣，任何作文題目只要灑上一兩句名人精鍊的雋語加以調味，分數立刻會高出好多。

但也有一些例外，即使是這些片段而支離的名人格言，有時候也會讓這位鄉下少年陷入苦思，不知道如何來理解這句話的意思。像他有一次，就在書中讀到一句從哥倫布《航海日記》裡摘錄的話：「今天我們繼續航行，方向西南西。」因為句中缺乏某種常見的道德指示，也沒有看到它明顯地解釋了世界上的某一件事，使得這位少年有點不知所措，不知道它為什麼和其他意思豐富的名句會放在一起。

但讀著讀著，他依稀感覺句子裡有一種決心、有一種悲涼，又有一種大海中茫茫不知所以的卑微宿命，讓他對自己的人生與未來也同時感到奮起又感到哀傷，好像在無邊星空下的大海漂流的就是自己。

但「理解」本身是多麼神祕的一件事。你本來不能「理解」的書本與內容，竟然看著看著、想著想著，有一天突然就懂了，而且以後就永遠懂了。你似乎是能夠「超越」自己的，更能與過去的自己決然「斷裂」，「懂」與「不懂」好像是天壤之別，但又只是一線之隔，前後同一個的你好像已經是不同的人了。

這正是我少年時期奇妙的文學因緣，每月坐擁一本無從選擇的《幼獅文藝》，但在雜誌內容裡面，我卻因此認識了絕大多數與當代文學藝術活動有關的人物、名字，也認識了各種文體文類，譬如我在其中讀到了台灣的「現代詩」，發現它們與課本裡說到的胡適的「白話詩」完全不一樣，它們更自由、更晦澀，也更富破壞性，更別說連一個韻也沒有。我也從中認識了個別詩人的名字與他們的特色，也因此就給了我線索後來繼續追蹤他們的名字，進而讀到更多書，而那正是一步一步走進廳堂的機會。

但正在與「理解」搏鬥的我，並不知道有一個更大的因緣正等著我。每天在農村稻田間百無聊賴的學校生活裡，十三歲的我不會知道、也不能想像，僅只是六年之後，我將會來到這家雜誌社打工，跟隨其中一位我讀過名字的詩人工作，坐在另一位我讀過名字的小說家的辦公桌對面，並且因而認識大部分我在雜誌上曾經讀過名字的作家與藝術家。

在管理這本《幼獅文藝》雜誌之前，我的讀書像上帝擲骰子的機遇遊戲。家裡只有幾本數得出來的圖書，等到少年時期閱讀胃口一開，很快就「山窮水盡」了。這種心智上的饑渴，比青春發育期的肉體饑餓還來得更早也更強烈一些，這位少年必須在同學當中尋求一切書本的來源，每當我打聽到有人家裡有某種不曾聽聞的圖書，我就找機會到人家家裡去看，用一個或兩個下午借讀完那些書。

有一次，班上一位女同學告訴我，她家裡有全套的《世界各國童話故事全集》（這聽起來太吸引人了），但那些書是屬於她弟弟的（當時我也沒有察覺這當中有著一種重男輕女的不平等），我得要先徵得她弟弟的同意。我去了她家認識她那位只小我們一歲的弟弟，用一切我能講的故事取得他的歡心，他終於同意讓我看他珍藏的那一大套二十本的故事集，並且要我讀完之後必須講給他聽，我當然也欣然同意了。但我花了將近一整個星期的下課時光，才陸續讀完那些書，而且有兩次因為回家太晚，被母親用雞毛撢子狠狠打了一頓。

這些覓書的經驗讓我發現，常常家庭背景愈不相同的同學，愈有機會擁有不同的書種。同班同學有的是外省籍公教人員的小孩，他們有時能朗誦出我不曾在課本上讀到的詩詞，有一位女同學就能流利背誦全篇的〈木蘭詞〉，讓我羨慕不已。等到有機會拜訪她的家庭，發現她家也一樣是空蕩蕩的家徒四壁（那時代誰是有錢的呢），但書架上僅有的幾本書當中，仍然有我不曾知曉的《胡適文選》和蔣夢麟的《西潮》，而《胡適文選》就是後來影響我一生想法與工作甚鉅的書。坐在同學家的籐椅上讀這本書時，我怎麼樣也不能想像，三十年後我會得到「胡適紀念館」的委託，重新編輯《胡適作品集》，並且為了這個緣故，成了一件誹謗官司的被告。

總是讀著不屬於自己的書，養成我必須很快完成閱讀的習慣。童年時還有一種重要的閱讀活動來自鎮上的「租書店」，通常店裡會放有數量不少的武俠小說和漫畫，供小鎮上喜愛消遣讀物的人們租閱。大人們通常租的是武俠小說，小孩則愛租漫畫，什麼小孩有零錢租閱漫畫？回想起來，大部分是家裡開著小店的商家小孩，忙碌看店的大人可能給一些零用錢求得小孩的清靜，或者小孩自己很容易在現金交易的小店裡輕易取得金錢，他們就成了有錢租書的小富翁。

這些小孩大都直接在租書店裡看書，可能這種讀物拿回家也不容易受到父母的贊同；但租書店似乎並不介意租書者的旁邊多兩位「分讀」的小讀者。這就是我們這些嗜讀者的機會，我們可以坐在熟識朋友的旁邊，看著他一頁一頁翻過去的圖畫，不花一分錢，我們也讀完了這些書。正是因為貪心的緣故，我對坐在一個朋友旁邊分讀一本漫畫書也感到不滿足，後來我發展出一種技能，我坐在兩位租書朋友的中間，可以同時閱讀左右兩本書。只是我必須自行剪接兩本書的閱讀順序，像是蒙太奇一樣，也許就是這種技能的建立，讓我後來走在看文字維生的編輯生涯。

回想起來，我對這一切仍然感到神奇。僅僅憑著閱讀，一個人竟可以穿越他所屬處境的局限；而他在不懂之處苦苦思索，思索的果實竟可以就帶他離開現實，造就他無限的機會。一本今天已經沒有太多人贊美的雜誌，也竟然可以讓一個鄉下小孩得以飛翔，並且就推開狹窄的門縫，進入他的階級不易居住的廣殿。我後來在編書辦雜誌的過程，常常也想像窮鄉僻壤的某處，有一個小孩正對某一本無意中得來的讀物感到困惑，我將不會擔憂他的困惑，困惑將會帶他走向遠方，遠得連他自己都無法相信。

39 我和你和一隻狗叫布

那時候，一九七〇年代才剛剛翻開第一頁，本名Kent LaVoie 的鄉村搖滾歌手灰狼（Lobo）的一首歌已經唱遍了全世界。

那首歌叫做〈我和你和一隻狗叫布〉（Me and You and a Dog Named Boo），我們不知道那是什麼意思，只覺得音韻可愛，朗朗上口，全都跟著唱：

Me and you and a dog named Boo
Travelin' and livin' off the land
Me and you and a dog named Boo

How I love being a free man

我們是一群高中生，並不真的知道自由人是什麼，住在全球文明的邊緣角落一個叫台灣的島上。世界上也真還沒有人知道台灣是什麼，除了一船船來台度假嫖妓的越南美軍。台灣，是他們買醉前的東方幻想，宿醉後的蝴蝶春夢，以及戰火彈片震撼中短暫的忘憂谷；台灣，也是他們的鴉片，療癒他們疼痛無法拼合的肉體與靈魂，就像陳映真筆下〈六月裡的玫瑰花〉中的軍曹巴尼一樣。

因為有著這些夜醉街頭的美國大兵，以及他們攬腰摟著的火辣濃妝台灣吧女，我們來不及清理內心的隱隱作痛，而一些美國大眾文化包括可口可樂與Spam火腿肉罐頭、《花花公子》雜誌及其折頁女郎，以及美國告示牌流行歌排行榜（the Billboard Top 100），卻也悄悄溜進我們的生活。

我們只是高中生，出外在街頭逛來逛去，沒錢看電影買東西，回家在筆記本中塗塗抹抹，或者是詩或者是畫，滿腹的苦悶無路可出，也不能拿世界怎樣。披頭四的"Love Me Do"的天真時期已經過了，帶著哀傷和吶喊的"Let It Be"剛剛為披頭四成團畫下句點，我們沒有趕上青年披頭四的黃金時代，我們是聆聽Cat Stevens的世代。

我們懵懵懂懂看著拼字錯誤百出的歌詞，跟著美國告示牌排行榜逐首哼唱，反覆聆聽盜版黑膠唱片〈學生之音〉裡的破碎選輯，想捕捉當中那些遠方隱約的革命暗號或靈修信息，但因為戰爭和學生運動都太遠了，最後多半跌入情歌不知所云的傷感陷阱。我們曾經也以為灰狼羅伯是我們福音書的一部分，雖然不一定知道那是什麼。

即使是同時代的我們也還不認識彼此，認識同時代的人要等到很多年後。當時在台中讀高中編校刊的我，一面也讀著其他高中的校刊，羅智成主編的《附中青年》就是當時全台灣最厲害的校刊。附中校刊裡有一篇小說也叫〈我和你和一隻狗叫布〉，也是來自「羅伯福音」的啟發。那是另一位在苦悶中成長的高中生張惠國寫的，時隔三十五年了，我還清楚記得故事裡青春期的主角五呎十一和他與朋友間百無聊賴的生活內容。伴隨著歌詞，我，和你，和一隻狗叫布，可見每一個世代都有某些音樂作為伴奏而成長的。

吉他兀自繼續鏗鏗鏘鏘地彈唱著，然後我們就各自長大了，進入台北一所知名的大學。我們來自全島各地，靠海的和靠山的，通通都湊在一起了，所有原來只聞其名的校刊主編也都彼此相見了。雖然這些英雄豪傑多半見面不如聞名，少時了了大未必佳，但也算是八方風雨會中州，好像有個美麗新世界正等著他們。（想想看，現在這些主編們都已年過五十，有的從政、有的經商，有些則成了名嘴或教授，有的甚至成了某件精彩香豔緋聞案的主人翁，際遇不同，但都頭漸禿腹漸寬，不復當年蒼白青澀的文藝青年了。）

新的年份仍然有屬於它的伴奏基調，雖然那個時代我們人人初學吉他，彈到指尖流血長繭，但只能唧唧哼哼唱些和弦簡單的歌曲，像灰狼羅伯的"How Can Tell Her About You"，就夠手忙腳亂的了，但我們好像已經不能滿足它太簡單的訊息。同班同學廖愛聽The Who，一遍又一遍觀看電影版搖滾歌劇《湯米》（Tommy，又譯《衝破黑暗谷》），忍不住困惑地夜裡找我討論，艱難地咀嚼並想像其中性愛與藥物的氣息。同寢室的詩人楊澤則愛聽長笛手Ian Anderson領軍的Jethro Tull，半夜強迫我聽他的"Too Old to Rock 'n' Roll, Too Young to Die"，並且詩興大發，徹夜不眠埋首創作，第二天早上起來，我就能在他筆記本裡看到好幾首正在發展詩作的殘句和斷片……。

我自己則是個沒什麼分辨能力和傾向的音樂雜食者，也難怪，鄉下人進城，什麼都感到有趣；我有時候愛聽概念恢宏的Chris de Burg，有時候著迷於實驗風的大衛・鮑依（David Bowie），彈起民謠吉他時卻也不介意胸無大志甜美的約翰・丹佛（John Denver），我敲著吉他扯著嗓子唱著：

I had an uncle name of Matthew

Was his father's only boy
Born just south of Colby, Kansas
Was his mother's pride and joy

我只有叔叔叫阿憨仔，在鄉下是個誠實而愚鈍的工人，也許馬修這種名字更合適當一首歌的歌詞。

唱歌的人並不同意，唱自己的歌的台灣民歌運動風潮其實也已經悄悄吹起，我目睹它的發生而不自覺。楊弦唱〈鄉愁四韻〉的歷史時刻就在學校裡的體育館，我也在現場，但我只盯著台上一位負責打擊樂器的美女；不久後，〈我們的歌〉和〈金韻獎〉的唱片也開始出版了。抱著吉他的齊豫，常常就坐在文學院天井的草坪上；更激進的李雙澤也不遙遠，同學相約到淡水去聽歌，聽的就是李雙澤。其實一切風雲已變色，像Scorpions的歌詞唱的：

An August summer night
Soldiers passing by

Listening to the wind of change

時間從生命走過，一路上都有時隱時顯的背景音樂，我只是都忘了。直到有一天，收音機裡傳來年輕音樂人兼廣播ＤＪ馬世芳和張大春的對談。馬世芳彷彿是一個老靈魂裝錯了青春的身體，他竟然在電台上介紹早期台語歌手文夏的音樂，而文夏正在做鄉村歌曲的試驗呢。我的時間一下子被推回到五十年代，回到基隆雨港的家鄉，燈光顏色昏黃，聲音也回到單軌溫暖的真空管音色，家裡那部據說是村裡最早的三十三轉唱機兼收音機，正流洩出美麗的聲音〈台中州進行曲〉，鄰居們躲在樓梯口聚精會神地聆聽著。

時間靜止，樂音充滿，那是另一個我魂縈夢繫的年代。

40 世界旋轉，吉他哭泣

六十年代，一個如今只存在夢中的消逝時光，我曾經輕觸般地書寫過若干，並且偷偷以為那是台灣最美好的年代。

時間彷如靜止的農村，露水冰涼沁肺的清晨，綠油油的稻田菜圃，每隔一段距離，路邊就放著一張小竹凳，上面擺著「奉茶」的鋁製水壺和塑膠茶杯，倒出來是溫吞吞淡滋味的琥珀色茶水。那是一個還體貼著風塵過路人、擔心陌生人口渴的純樸古風、善良無爭的純真年代。

那時候我也只是個張望者，也許才六歲，坐在綠色紗窗前，正安靜地盯著遠方張望，看著因為天亮而逐漸甦醒的世界。那是小鎮上一條通往縣城的沉默道路，但我知道這淡靜的街道很快地將會變得活躍起來，一開始極可能是一輛急駛的摩托車，一位帶著口罩穿著雨鞋的男子，載著切成對半的半邊豬身，豬皮上印滿紫藍色的屠宰稅章，快速往南投方向駛去；不久之後會有第二輛摩托車，載著另一半豬身疾駛而過，然後是第三輛、第四輛、第五輛，第六輛，中間或許穿插著轟隆隆的卡車……。

我不記得身後有什麼音樂伴奏，六十年代對我猶如美麗的風景畫片，沒有戲劇，沒有情節，靜止的，沉默的，無爭的，一張一張翻過去。我還沒有能力對那個世界有任何衝擊，我的存在也沒有任何重量，我的存在和不存在一樣。一個小孩在鄉下，只有烏鴉在電線桿上歪頭看著你，你只能默默吃飯，默默行走，默默思索，默默長大。

但時間畢竟是流動的，世界是旋轉的，你的思想與身體也一點一滴起著變化，背後的確流動著某些樂音，注釋著你的成長。就好像「披頭四」（Beatles）當中斯文內向、不多話的雙魚座吉他手喬治・哈里遜（George Harrison, 1943-2001）在〈當我的吉他溫柔地哭泣〉（While My Guitar Gently Weeps, 1968）裡唱著的：

我看著世界，注意到它在旋轉
當我的吉他溫柔地哭泣

每犯一個錯，我們總學到教訓
我的吉他仍舊溫柔哭泣

I look at the world and I notice it's turning
While my guitar gently weeps
With every mistake we must surely be learning
Still my guitar gently weeps

悄悄地六十年代翻書般的過去，七十年代已經到來。我不再是困住在鄉下、不知如何是好的小孩，我是一個在城裡讀書的憤怒青年。頭皮上的頭髮和頭皮下的想法都大剌剌地怒張著，好像挑釁著這整個世界。世界也不再對我無動於衷，大人們錯身而過時忍不住側目斜看著我，掩不住內心不以為然的態度；訓導主任陰沉地要我到辦公室見他，對校刊中發表的文章給他一個解釋；軍訓教官則指著我不符規定的頭髮和鞋子用山東鄉音大發雷霆：「看看你，你這成什麼樣子！」

這當然也是喬治．哈里遜早已預見的事，他在歌中緊接著又唱著：

我不知道你是如何誤入歧途
你也曾被攔阻
我不知道你是如何上下倒懸
一個警告也無

I don't know how you were diverted
You were perverted too
I don't know how you were inverted
No one alerted you

伴奏的音樂還在身後輕輕唱著，它預言著我以及其他年輕人的命運。我來到城裡，先是到了台中，然後才是台北。台中市裡坐落在學校旁邊的美國新聞處，本身就是一個英文書的圖書館，庫藏也許不算非常豐富，對我來說卻已經是大開眼界，更重要的是它借書慷慨俐落，沒有任何扭捏作態的規定。我捧著這些印刷裝幀精美、透露著富國強國氣息的厚重書籍，耽讀當中各種藝術史、戲劇史，以及社會理論，還有眾多美國的文學作品。我勉強和那些妖魔英文句子搏鬥著，似懂非懂地和一種陌生語言打交道，有時候是理解，多半時候是對異國的想像。但這已經太夠了，知識的好奇之門一旦打開，沒有人能夠攔著你了。

台中對我來說有無數的啟蒙，也結識了許多足以讓我終身懷念的友人。啟蒙的來源可能是擁有無盡寶藏的圖書館、帶來遠方藝術表演的音樂廳、性格奇特的怪老師（長像怪誕的音樂老師，每天幻想著自己是貝多芬，批評日本不算是偉大的國家，因為他們還沒有柴可夫斯基），有時候甚至是生活型態完全不同的同學（父親在美軍基地工作，早上起來會淋浴、漱消毒水，還坐在餐桌前用刀叉「鋸」著兩顆荷包蛋）……。

但很快我就來到台北，開始學吉他，聽著英語的美軍電台。遠方的越戰帶來混合矛盾的訊息，一種是英勇美軍對抗邪惡共產主義的正義價值，另一種是反戰、反美國帝國主義行徑的反省與思潮，我艱難地咀嚼並吞嚥這一切，試圖把它們變成養分，構成一個全新的人。

有一個四月天，清晨灰濛濛的，我爬起來聽到廣播消息，越共軍隊已經推進西貢城，心裡覺得失落，不知如何看待這些正在旋轉顛倒的時局。不一會兒，我的越南僑生好友衝進我的宿舍，抱著我埋頭痛哭，他失去父母兄弟的連繫，也已經無家可歸了。

我知道我們都有些苦楚，我們已經變成大人，我們得自己面對這個世界。吉他繼續敲打著，音樂也持續唱著：

這把老吉他教我唱情歌
它教我如何笑與如何哭
它引介我得到若干好友
也點亮生命中某些時光
助我度過若干寂寞夜晚
哦，寂寞涼夜裡好一個朋友……

This old guitar taught me to sing a love song
It showed me how to laugh and how to cry
It introduced me to some friends of mine
And brightened up some days

And helped me make it thru some lonely nights
Oh, what a friend to have on a cold and lonely night…

41 第一件差事

副刊主編上司歪著頭沉吟了半晌，小心翼翼打量著我，用著半是命令半是請求的口氣說：「古龍那邊就由你去連絡，想辦法一定要叫他給我們寫稿子。」

那是近三十年前的舊事了，西元紀元還在七十年代，我剛剛來到當時號稱台灣最大的報社上班，工作職位是副刊的助理編輯，官位還比不上孫悟空初在天庭上班的弼馬溫，但我大學還沒畢業，課餘兼差還能擁有全薪的正職，算是際遇不錯了。

副刊上司是任副總編輯職的主編，本來是一位大詩人文學家，也是知名的老經驗文學編輯，但來到報社副刊工作後，他也自我調整了不少。他知道副刊工作不能全從文學的角度去思考，讀者大眾的各種口味都必須照顧，社會上新興的文化流行也是應該回應的重點。

那時候有什麼文化新流行？邵氏出品、楚原導演的武俠電影《流星、蝴蝶、劍》和《天涯、明月、刀》剛剛在港台各地掀起一股旋風，連不愛看國片的大學生都染上瘋狂，說話也模仿起電影的對白。不用說，本來已經有點落寞的武俠小說原著作者古龍，一夜之間鹹魚翻身，重新成為最熱門的作家。

我的主編上司考量再三，覺得有必要爭取古龍來寫一個新的武俠小說連載，把那股社會流行風潮引到副刊裡來。但他卻面臨一件尷尬的事。

原來，不久以前，這個副刊本來就有古龍的武俠小說連載，但大作家經常拖稿斷稿，紀律不彰，加上也不是太受歡迎，我的主編上司忍痛腰斬了小說連載，當然也就得罪了大作家。這次重新邀稿，想到開口就覺得尷尬，主編因此打量了我半晌，才決定把任務交給這位新來的小伙子。

新來的小伙子，也就是我，也覺得心怯惶恐。在那個時代（其實現在何嘗不是），作家給哪家報社雜誌寫稿，十分依賴與編輯之間的信任關係，主編常常必須直接與作家通話，很少假手他人。我雖然也有幾年編輯經驗，但擔任的是助手之職，我替主編寫信、回信，幫他看稿、改稿，卻很少有以自己的身份、名義和作家說話的機會。現在我要不提主編的名字，直接向大作家發出邀稿之請，這位大作家會理我這位名不見經傳的小人物嗎？

我從主編的記事本裡抄下古龍的電話，回到座位，深呼吸好幾回，鼓足了勇氣，才撥通號碼。電話接通時，我內心還是震動了一下，因為說話的就是作家本人，他磨了砂子似的聲音聽起來確實有一種與武俠小說匹配的江湖味，他聽完我結結巴巴報了名號和意圖之後，玩味似地沉吟一陣子，才緩緩用他磁性的沙啞聲說：「我等一下會在某某餐廳和幾位朋友吃飯，你如果有興趣談寫稿的事，就過來聊聊吧。」

某某餐廳我是知道的，離報社也不遠，我離開工作一陣子再趕回辦公室，應該也還來得及。但為什麼這句話我摸不通是什麼意思？它又像是充滿光明的希望，又像是充滿嘲弄的挑釁，大作家會痛快答應寫稿？還是會給我報復式的羞辱？

計程車穿過下班時分的重重車陣，我內心忐忑地來到餐廳，已經是遲了半小時，走進包廂時，桌上杯盤狼藉，晚餐顯然是進行了一段時間。最裡面坐著的，就是古龍本人，個子雖小卻有一股氣勢，旁邊有兩位男子，面貌猥瑣，我都不認識，席上還有三位美豔的女子，濃妝豔抹得不適合在正常街道上行走。

古龍沒起身，比個手勢要我坐下，也不理我支支吾吾解釋遲到的原因；他從桌底下拿起一個紙盒，掏出一瓶黑牌約翰走路威士忌，帶著意味深長的微笑，他說：「你知道我們談話是要喝酒的。」他把新酒瓶推到我面前：「小朋友，喝完這瓶酒再說話。」

我離開窮鄉下來到城市不久，酒也沒喝過幾回，黑牌的約翰走路只是遙遠的洋酒名稱，我看桌上的瓶子，不知道該不該當真。古龍倒是笑吟吟地打開酒瓶，滿滿倒了一個喝啤酒的玻璃杯，並舉起他自己的酒杯，我慌張地拿起酒：「古龍先生，我先敬您。」

一大口入喉，烈酒像火焰一樣灼燙整個嘴巴。「別急，先喝口水。」古龍又推了一杯開水過來。旁邊的男男女女已經不可遏止地笑了起來。

「古龍先生，我先把這杯乾了。」我的蠻勁也來了，殺人不過頭點地，不是嗎？

古龍饒富興味地看著我漲紅的臉，他倒是不慌不忙，先給自己的杯子加冰塊，看我乾杯也不衝動，只抿了一小口，「要不要先吃點菜打個底？」古龍問。

「不用。」我看著消降緩慢的酒瓶，擔心著進度，也擔心著辦公室裡的工作，我又倒滿一杯：「古龍先生，我再乾一杯。」

杯子又空了，旁邊的小姐戲弄似地拍起手來，「再來一杯。」

我感覺到自己唇舌麻木，說話艱難，但杯子還是舉起來了：「我再乾了這一杯。」

不管什麼好酒，大口吞嚥都不是好滋味，這瓶當時算是昂貴的酒基本上是蹧蹋了。但一杯又一杯，不知不覺瓶子也見底了，我覺得是到了該開口講點寫稿的事了，我說：「古龍先生……」

可是沒有聲音，我的嗓子好像是啞了，或者我牽動臉上說話的肌肉有困難，我已經一句話也說不出了。

大家都笑了，但我開始感到天旋地轉，眼前發黑，心跳得好像要逃離胸腔，我坐在椅子上，沉重的頭卻忍不住要趴倒在桌子上，其他人談笑的聲音也變得空洞而遙遠。

迷迷糊糊中有人扶我上車，我聽見古龍磨砂聲說：「我送你回去。」我坐在古龍由司機駕駛的加長型賓士車，渾身冒著冷汗，胸部胃部都覺得難過。黑暗中，古龍開口了：「你的主編是……？」我點點頭。

「你知道我和他有過節？」我又點點頭。

古龍突然又笑了起來：「你知道嗎？我可不喜歡寫稿，寫稿太不好玩了，世界上那麼多好玩的事，為什麼要關在房間裡寫稿？」我搖搖頭，我太年輕了，聽不懂這句話。

下車時我還步履不穩，古龍扶我下車。等我在路邊扶著路燈站穩了，他回到車上，又想交待什麼似地搖下車窗，面容變得和藹可親：「嘿，小朋友。」他停了一下：「你夠意思，我給你寫稿。」

車子如何開走，我如何上樓回到辦公室，我都記不得細節了。只記得我在樓梯間吐了一回，掃地的阿姨一面過來清理，一面用惋惜的口氣說：「年輕人不要喝那麼多酒，身體會弄壞。」

我穿過幾百雙眼睛注視著的大編輯辦公室，掙扎回到座位，所有同事都瞪眼看著臉色慘白的我，包括鼻上掛著眼鏡、滿臉狐疑的主編在內，我開口向他報告，聲音沙啞得和古龍一樣：「主編，我約到稿子了。」

旅人之星 37

綠光往事 IN SEARCH OF LOST TIME

作者◆詹宏志

內頁插畫◆詹朴

封面設計◆詹朴

版面構成◆徐璽設計工作室

總編輯◆郭寶秀

特約編輯◆曾淑芳

校對◆詹宏志、曾淑芳

發行人◆涂玉雲

出版◆馬可孛羅文化

104台北市民生東路二段141號5樓

電話：886-2-25007696

發行◆英屬蓋曼群島商家庭傳媒股份有限公司城邦分公司

104台北市中山區民生東路二段141號11樓

客戶服務專線:(886)2-25007718；25007719

24小時傳真專線：(886)2-25001990；25001991

讀者服務信箱：service@readingclub.com.tw

劃撥帳號——19863813　戶名：書虫股份有限公司

香港發行所◆城邦（香港）出版集團有限公司

香港灣仔駱克道193號東超商業中心1樓

E-mail:hkcite@biznetvigator.com

馬新發行所◆城邦（馬新）出版集團

Cite (M) Sdn.Bhd.(458372U)

11 , Jalan 30D/146 , Desa Tasik Sungai Besi , 57000 Kuala Lumpur , Malaysia

製版印刷◆中原造像股份有限公司

初版一刷◆2008年 8 月

初版六刷◆2020年 9 月

定價◆280元

ISBN：978-986-7247-75-9 (平裝)

Published by Marco Polo Press, a Division of Cité Publishing Ltd.

Printed In Taiwan

國家圖書館出版品預行編目資料

綠光往事/ 詹宏志著
–初版．–臺北市：馬可孛羅文化出版：
家庭傳媒城邦分公司發行，2008.08
面；　公分．–(旅人之星：37)
ISBN 978-986-7247-75-9 (平裝)
855　　　　97010816